CHRISTINE BONVIN

Letzter Ton in Montreux

CHRISTINE BONVIN

Letzter Ton in Montreux

KRIMINALROMAN

GMEINER

MIX
Papier | Fördert gute Waldnutzung
FSC® C083411

Besuchen Sie uns im Internet:
www.gmeiner-verlag.de

Im Ehnried 5, 88605 Meßkirch
Telefon 07575/2095-0
info@gmeiner-verlag.de

1. Auflage 2024

Lektorat: Claudia Senghaas, Kirchardt
Herstellung: Mirjam Hecht
Umschlaggestaltung: U.O.R.G. Lutz Eberle, Stuttgart
unter Verwendung eines Fotos von: © nada12 / stock.adobe.com
Druck: CPI books GmbH, Leck
Printed in Germany
ISBN 978-3-8392-0610-2

Personen und Handlung sind frei erfunden.
Ähnlichkeiten mit lebenden oder toten Personen
sind rein zufällig und nicht beabsichtigt.

zum Andenken an meine Schwester Ruth

PROLOG

»Wie kam ich nur auf die Schnapsidee, mich als Mann zu verkleiden und in einem Bordell nach einer vermissten Mitarbeiterin zu suchen?«

Die Frage stellte sich Laura immer wieder aufs Neue. Nur half ihr das nicht weiter. Sie saß zusammengekauert und fröstelnd in der schmuddeligen Ecke eines feuchten Kellergewölbes. Die abgestandene Luft und der fahle Lichtschimmer, der durch eine Maueröffnung eindrang, lösten Angstzustände aus. Kalter Schweiß rann ihr über den Rücken. Ein Schüttelfrost nach dem andern durchströmte den Körper. Die Atemzüge wurden flacher und schneller. Ein unsichtbarer Würgegriff drohte ihr die Kehle abzuschnüren. Ein Muskelkrampf im Oberkörper schmerzte. Reflexartig rappelte sie sich mit letzter Kraft auf. Vorsichtig tastete sie sich entlang der feuchten Bruchsteinmauer. Ihr Gang wurde bei jedem Schritt sicherer. Sie atmete langsam ein und aus. Ihr Körper entspannte sich allmählich. Das milderte ihr Unwohlsein und löste eine kämpferische Reaktion aus. Ihr unverbesserlicher Optimismus, der in ihrem Innersten verankert war, meldete sich zurück. Sie summte ein Lied. Ihre Mutter hatte es ihr immer vorgesungen, wenn sie abends vorgab, sich im Dunkeln zu fürchten. Es hatte immer geholfen. Sie dachte an ihre Eltern, die nun wohl gemütlich zu Hause auf dem Sofa im Wohnzimmer saßen und Fernsehen schauten. Vater war ein großer Fan von Krimi Serien. Jeden Tag fand er auf einem der vielen Sender etwas Spannendes. Wenn nicht, hatte er *Netflix* abonniert. Mutter setzte sich jeweils mit dem Strickzeug neben ihn und hörte mehr zu, als sie hinschaute. Sie mochte lieber Filme von *Rosemunde Pilcher* und *Inga Lindström.* Diese schaute sie an den Abenden, an denen ihr Mann im Turnverein war oder manchmal an regnerischen Sonntagnachmittagen. Was würden ihre Eltern sagen, wenn sie sähen, in welche Situation sie sich wieder hinein manövriert hatte? Diese Fragestellung erinnerte sie an das Lebensmotto ihres Großvaters mütterlicherseits: Hilf dir selbst – es hilft dir keiner. Das gab ihr Antrieb und ein kleiner Funken Hoffnung keimte auf. Sie würde sich befreien und ihr Leben wie geplant weiterführen. Sie wollte ihre Pläne verwirklichen und eines Tages eine bekannte Hôtelière werden. Es hatte doch alles so harmonisch angefangen an der neuen Arbeitsstelle.

KAPITEL 1 / ABSCHIED VON ZERMATT

Die Sommersaison in Zermatt war turbulent verlaufen. Mit großen Erwartungen und voller Enthusiasmus hatte Laura im Frühling im *Hotel Blatterhof* die Arbeit als Hotelfachfrau aufgenommen. Ein Mordfall und Differenzen mit den Hotelbesitzern hatten dazu geführt, dass sie bereits nach einer Woche auf der Straße stand. Dank ihrer Freundschaft zum Hotelierssohn erhielt sie eine zweite Chance. Ihrer zwanghaften Neugier und ihrem eigenen Sinn für Gerechtigkeit verdankte sie allerdings den erneuten Rauswurf. Mit der Hilfe einer Freundin hatte sie im *Hotel Bären* eine zeitlich beschränkte Anstellung als Rezeptionistin bekommen. In dieser Zeit erhielt sie von Klara, einer Studienkollegin aus der Zeit in der Hotelfachschule, einen vielversprechenden Tipp. Diese arbeitete als Assistentin des Hotelmanagements in einem Fünfsternehotel in Montreux und suchte eine Nachfolgerin. Sie habe vor, nach Thailand zu reisen, um ihre interkulturellen Kompetenzen zu erweitern. Laura überlegte nicht lange und bewarb sich umgehend. Das entsprach genau ihrem Karriereplan. Ihr Vorbild war der Hotelkönig César Ritz. Diesem wollte sie nacheifern. Sie plante, ihren beruflichen Rucksack mit Erfahrungen und Qualifikationen zu füllen. Dafür war es unerlässlich, in verschiedenen Hotelbetrieben und in unterschiedlichen Stellungen gearbeitet zu haben. Der Moment schien gekommen, auf der Karriereleiter eine Stufe höher zu steigen. Zudem bekam sie in Montreux die Gelegenheit, ihr Schulfranzösisch aufzubessern. Die Stellenbeschreibung las sich anspruchsvoll. Neben administrativen Aufgaben war die Assistentin ebenfalls für die Planung von Veranstaltungen zuständig. Das Profil der Mitarbeitenden verlangte kaufmännische Denkweise und Verhandlungsgeschick, Kommunikationsfähigkeit sowie Kunden- und Serviceorientierung, organisatorische Fähigkeiten und Flexibilität, interkulturelle Kompetenz und Kontaktbereitschaft.

Das Bewerbungsgespräch fand zu ihrer Verwunderung in Zermatt statt. Die umtriebige Hotelmanagerin Arlette Schwarzenbach reiste für ein Wochenende ins Bergdorf. Ihr war es wichtig, die mögliche Assistentin an ihrem Arbeitsort zu begutachten. Zuvor hatte sie allerdings nachgefragt, ob der Arbeitgeber über einen allfälligen Berufswechsel informiert sei und ob sie mit diesem ebenfalls ein paar Worte wechseln könne.

In ihrem blauen Deux-Pièces und der weißen Bluse erschien die zukünftige Chefin zwischen den sommerlich gekleideten Touristen beinah wie eine Exotin. Sie schien das nicht zu stören. Mit geradem Rücken stolzierte sie in den Stöckelschuhen in die Empfangshalle des *Hotel Bären*. Sie strich sich durch die grauen, kurz geschnittenen Haare und schaute sich fragend um. Laura erkannte sie, weil sie sich auf der Webseite des zukünftigen Arbeitsortes bereits informiert hatte. Sie ging, ohne zu zögern, auf die Dame zu und streckte lächelnd die Hand aus. Das kam bei der

Gegenseite vorteilhaft an. In einem Besprechungszimmer führten die zwei Frauen das Gespräch oder viel mehr das Verhör. Arlette Schwarzenbach legte eine Liste mit Fragen auf den Tisch und hakte akribisch Punkt für Punkt ab. Laura antwortete ohne zu zögern und ehrlich. Sie versuchte gar nicht erst zu verheimlichen, dass ihr Start in Zermatt missglückt war. Sie erklärte ungefragt, dass ein Mordfall und damit verbundene Verstrickungen sie genötigt hatten, Nachforschungen anzustellen.

»Es ist eine meiner Charaktereigenschaften, dass ich Problemen immer auf den Grund gehe. Einerseits ist dies ein Plus, manchmal aber auch ein Nachteil.«

»Diese Verhaltensweise finde ich durchaus positiv. Mir sagt es zu, wenn jemand Sachverhalte bis ins Detail abklärt. Meine nächste Frage hätte Ihren Stärken und Schwächen gegolten. Einen Teil davon haben Sie nun bereits beantwortet. Haben Sie weitere solche Eigenheiten?«

Begeistert verriet Laura, dass sie dem Hotelier César Ritz nacheiferte und ihren Beruf liebte. Nur etwas verschwieg sie der zukünftigen Arbeitgeberin absichtlich. Ihr Ziel war es, sich selbst und ihrer Familie zu beweisen, dass sie die Voraussetzungen und den Durchhaltewillen besaß, in ihrem Traumberuf erfolgreich zu sein. Bei ihrer Abreise nach Zermatt hatten der Bruder und der Vater gewettet, dass sie es keinen Monat schaffen würde. Tatsächlich war sie schon in der ersten Woche entlassen worden.

Dieser Makel im Lebenslauf schmerzte sie, und es galt, ihn auszugleichen.

Sie erhielt die Zusage von Arlette Schwarzenbach am Tag darauf unter der Bedingung, dass sie Anfang Oktober die Arbeit aufnehme. Das war jedoch vor Ende der Sommersaison. Die aktuelle Arbeitgeberin, Frau Summermatter, entließ Laura außerterminlich und gab ihr die besten Wünsche mit auf den Weg. Die Anstellung im Fünfsternehaus *Hôtel le Président* in Montreux war für Laura ein Geschenk des Himmels. Sie freute sich. Nur ein Wermutstropfen trübte den Wegzug. In Zermatt hatte sich zwischen ihr und Pedro Lukic, dem Wachtmeister der Regionalpolizei, eine Freundschaft entwickelt. Die beiden hatten sich bei der heiklen und brisanten Aufklärung des tragischen Todesfalls kennengelernt. Mit ihm vermochte sie sich eine ernsthafte Beziehung vorzustellen. Sie zweifelte aber daran, dass eine Fernbeziehung gute Überlebenschancen hatte. Darum hielt sie Distanz zu ihm.

Am Morgen ihrer Abreise wäre die Mauer, die sie aus Schutz um sich errichtet hatte, beinahe eingebrochen. Marianne, ihre Freundin, deren Sohn Godi und Pedro hatten sie zum Bahnhof begleitet. Sie waren 20 Minuten zu früh. Auf dem Bahnsteig bedankte sich Laura nochmals für die gemeinsame Zeit. Ihr Mund redete ungefragt weiter. Es sprudelte einfach aus ihr raus. Sie offenbarte, dass sie sich immer solche Freunde gewünscht und sie richtig liebgewonnen habe.

»Mehr als lieb«, ergänzte sie und fixierte Pedro. Der nahm ihre Hand und hauchte einen Kuss darauf.

Dann umarmte sie einen nach dem anderen. Dabei rannen ihr die Tränen über die Wangen. Pedro wischte sie weg und flüsterte ihr ins Ohr: »Ich dich auch.«

Bei strahlendem Sonnenschein und tiefblauem Himmel stieg Laura in Zermatt in die *Matterhorn Gotthard Bahn*. Pedro Lukic stand auf dem Bahnsteig und winkte ihr zum Abschied. Ein Kloß bildete sich in ihrem Hals, und eine

Träne rollte aus dem Augenwinkel. Sie bemühte sich zu lächeln. Es fiel ihr schwer. Auf der Reise durch das Mattertal flogen ihre Gedanken zurück in das Bergdorf und zu den Menschen, die ihr in den vergangenen Monaten ans Herz gewachsen waren. Wärme durchströmte ihren Körper, und ihre Augen strahlten.

Nach dem Umsteigen in Visp von der *Matterhorn Gotthard Bahn* in den Zug der Schweizerischen Bundesbahnen Richtung Genfersee galten die Überlegungen der Zukunft. Eine positive Anspannung verbreitete sich in ihr. Sie hoffte, dass sie es auf Anhieb schaffen würde, den recht hohen Anforderungen gerecht zu werden.

Bei strömendem Regen stieg sie in Montreux aus dem Zug. Wenn das mal kein schlechtes Omen ist, ging es ihr durch den Kopf. Sie öffnete den Schirm und sprach sich selbst Mut zu: »Ich bin ja für alles gewappnet«, flüsterte sie und klopfte sich imaginär auf die Schultern. Das Fünfsternehotel im Belle Époque Stil fand sie auf Anhieb. Majestätisch und einladend zugleich thronte es in einem großen Park am Ufer des Genfersees. Im Hintergrund auf der anderen Seeseite ragten die Savoyer Alpen in den grauen Himmel. Für einen kurzen Moment lichteten sich die Wolken, die Sonne schien, und es bildete sich ein Regenbogen. Der Anblick erfreute Laura. Innerlich jubilierte sie und vollführte einen Luftsprung, äußerlich blieb sie gelassen. Wie immer zückte sie sofort ihr Handy und fotografierte das Gebäude mit der reichen Fassadengestaltung, die Umgebung und das Naturphänomen. Dieses betrachtete sie als ausgezeichnetes Vorzeichen. Aufgestellt und voller Hoffnung schritt sie zum Personaleingang und meldete sich beim Portier.

»Herzlich willkommen im *Hôtel Le Président*. Ich rufe gleich einen Pagen, der Ihnen Ihr Zimmer zeigt. In einer Stunde werden Sie abgeholt und zu Frau Schwarzenbach begleitet.«

»Franco Bolli«, stellte sich der kleine Mann in der schmucken Uniform vor. Er lotste sie um sieben Ecken und gefühlte 100 Treppenstufen durch den Dienstbotenbereich ins Dachgeschoss. In einem langen Korridor, in dem rechts und links Türen abgingen, blieb er vor der Nummer 1 stehen, klopfte und trat ein.

»Sie bekommen das beste Zimmer. Number one«, grinste er und stellte den Koffer in den Raum.

»Das tönt vielversprechend. Danke Franco. Ich bin Laura. Auf gute Zusammenarbeit.«

»Ich wünsche dir einen guten Start im *Hôtel le Président*«, lächelnd verbeugte er sich vor ihr und verschwand.

Die bescheidene Bleibe glich nicht den Suiten aus den Glanzprospekten, die den Gästen angepriesen wurden. Ein Bett, ein Stuhl, ein Tisch und ein Schrank, alles auf kleinstem Raum, aber immerhin mit Sicht auf den See. Ein Duschraum mit Toilette ergänzte das Logis. Sie hatte das Privileg, dass sie die Alleinnutzung des Zimmers hatte. Sie war sich bewusst, dass andere Mitarbeiter zu zweit hausten. Kaum hatte sie ihre Siebensachen ausgeräumt und sich erfrischt, klopfte es an der Tür. Eine Frau Mitte 30 mit dunkler lockiger Haarpracht stand davor. Sie trug einen knallroten engen Rock, der ihren Körperbau zur Geltung brachte.

»Herzlich willkommen. Ich heiße Pauline Roux und bin die Verantwortliche der Personalabteilung dieses verrückten Hotels. Da wir auf derselben Mitarbeiterstufe sind, duze ich dich. Ist das in Ordnung?«

Lauras Kopfnicken nahm sie kurz zur Kenntnis und sprach weiter: »Auf zur Chefin. Sie wartet auf ihr neues Opfer.«

Laura fand, dass die Bemerkungen recht spitz waren. Sie unterdrückte eine schnippische Erwiderung.

»Das ist nett. Danke. Ich freue mich schon auf die Herausforderung.«

»Das ist es auf jeden Fall. Nur zu deiner Orientierung, der Verschleiß an Assistentinnen in unserem Betrieb ist hoch. Es ist Vorsicht geboten vor ›der Schwarzenbach‹ und ›Monsieur le Président‹!«

Laura betrachtete ihr Gegenüber verwundert, erwiderte aber nichts. Sie fragte sich, was diese unverhohlene Aussage bedeutete. Ihr fiel auf, dass der Gesichtsausdruck dieser Pauline verhärmt wirkte, ganz im Gegensatz zu der sonstigen Erscheinung. Sie überlegte sich, woher das rührte. Vielleicht würde sie es eines Tages erfahren.

KAPITEL 2 / HÔTEL LE PRÉSIDENT

Die Hotelmanagerin, Arlette Schwarzenbach, bestand darauf, Laura selbst durch den Betrieb zu führen.

»Vor zwei Jahren hat Abel Roi das gesamte Gebäude renovieren lassen. Das heißt, alle Räumlichkeiten außer den Unterkünften für das Personal.«

»Abel Roi?«

»›Monsieur le Président‹ wie er hinter seinem Rücken genannt wird. Er ist der Besitzer dieses imponierenden Hauses und Gönner verschiedener kultureller Veranstaltungen in der Region. Darunter mein absoluter Topfavorit, das *Montreux Jazz Festival*, das jedes Jahr im Juli stattfindet. Dafür nehme ich mir immer ein paar Tage frei, obwohl es arbeitstechnisch beinah nicht möglich ist, weil das Hotel um diese Zeit immer ausgebucht ist. Ich liebe Jazzmusik und könnte stundenlang zuhören und mich in andere Sphären entführen lassen. Diesen Sommer ist Bob Dylan aufgetreten. Es ist unbeschreiblich, wie es war, ihn live zu hören und zu erleben. Das werde ich bis an mein Lebensende nicht vergessen.«

Ein tiefer Seufzer löste sich aus ihrer Brust. Laura nahm die Gefühlsregungen wahr, die aus den Worten sprachen.

Es war beinah, als würde ihre Vorgesetzte selbst eine Melodie anstimmen und wieder in der Musik versinken.

»Der Höhepunkt der Geschichte ist, dass er bei uns im Hotel übernachtete und ich ihn persönlich kennenlernen durfte. Dafür musste ich ein wenig schummeln, aber ich würde es jederzeit wieder tun.«

Sie schmunzelte wie ein Kind, das sich bewusst ist, dass es etwas Falsches getan hat, gleichzeitig aber keine Strafe befürchtet.

»Was haben Sie denn angestellt?«

»Ich habe beim Zimmerservice eine Flasche *Heida* Schaumwein bestellt.«

»Das ist doch nichts Schlimmes.«

»Nein. Nur habe ich mich dann mit einer CD in der Hand vor der Tür der Suite postiert und auf den Kellner gewartet. Den habe ich weggeschickt und mir den Servierwagen geschnappt. Ich werde den Augenblick nie vergessen. Bob Dylan saß in einem Sessel, genoss die Aussicht auf die Savoyer Alpen und schaute mich erstaunt an, als ich mit dem Wagen reingefahren kam. ›Ein kleines Geschenk des Hauses und eines großen Fans von Ihnen‹, säuselte ich. Es war aufregender als beim ersten Kuss.«

Ihr Gesichtsausdruck veränderte sich. Ein tiefgründiges Lächeln umspielte ihre Lippen, und in den Augen erschien ein Schalk, den Laura ihr keineswegs zugetraut hätte. Überhaupt, die ganze Geschichte hörte sich nicht nach Arlette Schwarzenbach an.

»Und, was geschah darauf?«

»Er fragte mich nach meinem Namen. Ich konnte ihn nur hauchen, so aufgewühlt war ich. Und dann bot er mir an, mit ihm ein Glas zu trinken.«

»Wow«, entfuhr es Laura.

»Meine Knie wurden weich, und ich wäre fast umgefallen. Das hätte ich nie im Leben erwartet.«

»Das ist ja irrsinnig.«

»Ja, nicht wahr? Wenn ich daran zurückdenke, nimmt es mir den Atem.«

»War denn sonst niemand zugegen? Keine Sicherheitsleute?«

»Die Security stand im Flur, bei denen hatte ich mich ausgewiesen. Das war kein Problem. Im Zimmer waren nur wir beide.«

Ein weiterer Seufzer kam aus dem Innersten ihrer Seele, und der Blick schweifte in die Ferne. Laura wagte es beinah nicht, eine Frage zu stellen, aber die Neugierde überwog.

»Was geschah dann?«

»Wir haben geplaudert. Ich habe ihn sogar auf den Gewinn des Literaturnobelpreises angesprochen. Er hat nur mit den Schultern gezuckt und stattdessen von seinem Auftritt in Montreux gesprochen. Es war eine ganz entspannte Situation. Wir haben wie alte Bekannte miteinander gequasselt, Schaumwein getrunken und die Aussicht genossen. Zum Abschied hat er mir die CD mit einer persönlichen Widmung signiert. Diese hat bei mir einen Ehrenplatz im Schlafzimmer und ist etwas vom Wertvollsten, das ich besitze.«

»Wow, toll!«

Laura war beeindruckt. »Ich hoffe, dass mir hier im Hotel auch einmal ein Superstar über den Weg läuft.«

»Das war ein einmaliger Vorfall. Unterstehen Sie sich, mit unseren Gästen anzubandeln«, monierte Arlette. »Das bleibt eine absolute Ausnahme. Und wo wir schon mal dabei sind, niemand anders hat davon Kenntnis. Ich erwarte von Ihnen Verschwiegenheit. Es ist mir im Nachhinein unerklärlich, weshalb ich es ausgeplaudert habe.«

Sie legte eine Pause ein und schien zu überlegen.

»Ich werde es nicht weitererzählen und nicht nachahmen. Versprochen«, beschwichtige Laura.

»Das kommt davon, weil ich vom *Jazz Festival* gesprochen und wieder in Erinnerungen geschwelgt habe. Sie bekommen voraussichtlich Tickets für das nächstjährige Event.«

»Ich? Warum?«

»Monsieur Roi ist unter anderem Gönner des Festivals. Sie übernehmen im Zusammenhang mit den Vergaben von Fördergeldern an verschiedene kulturelle Institutionen seine Sekretariatsarbeiten. Die Antragsteller müssen sich zuerst bei Ihnen melden. Sie prüfen die Anträge und geben unserem Patron dann eine Erstmeinung ab. Diese Woche steht ein Besuch von Vertretern des *Waadtländer Schriftstellerverbandes* an. Sie werden die Herren begrüßen und die Anfrage entgegennehmen. Monsieur le Président kommt in zehn Tagen aus dem Ausland zurück. In Zukunft werden Sie einen Tag pro Woche für ihn arbeiten und administrative Aufgaben erledigen.«

»Ach so? Darüber wurde ich aber bisher nicht informiert.«

»Das beinhaltet das Wort ›Diverses‹ in Ihrer Stellenbeschreibung. Das ist doch kein Problem für Sie, oder?«

»Nein, weshalb sollte es?«, antwortete Laura. Sie zweifelte allerdings selbst an ihrer Aussage. Die zusätzlichen Tätigkeiten für den Patron bereiteten ihr Sorgen.

»Zurück zu unserem Rundgang.«

Arlette Schwarzenbach war für einen kurzen Moment aus ihrer Rolle gefallen, nahm sie jetzt aber mit Wachsamkeit wieder auf und fuhr fort: »Die Modernisierung des Hotels war architektonisch eine riesen Herausforderung. Es galt, den Charme der Belle Époque zu bewahren und gleichzeitig zeitgemäßen Komfort zu generieren. Hier im Erdgeschoss befindet sich der seezugewandte Saaltrakt mit Anschluss an die im Gebäudezentrum liegende altehrwürdige Eingangshalle mit Foyer, Treppen- und Liftanlage und die zur Straße ausgerichteten administrativen Räume. Im ersten Obergeschoss sehen Sie die absoluten Highlights. Es ist der *Salon Président*, ein historisches Juwel. Er ist noch mit dem Belle Époque Dekor von 1905 ausgestattet. Aber auch das Restaurant *Amalia* mit dem Blick auf See und Garten ist eine Augenweide im klassischen Stil. In den weiteren Etagen liegen beidseits des Korridors aufgereiht die 130 Hotelzimmer, darunter 40 Suiten, vier Dachterrassen-Panoramasuiten mit 360-Grad-Aussicht und die Präsidentensuite.«

Über alte Marmorböden im Schachbrettmuster, vorbei an Säulen aus Stuckmarmor und pastellfarbenen Wänden mit Ölgemälden kamen sie zurück in die Arbeitsräume. Laura schwirrte der Kopf.

Nach dem Rundgang durch den Betrieb, bei dem sie die wichtigsten Räume besichtigt hatte und einigen ausgewählten Mitarbeitern vorgestellt worden war, setzte sie sich im Vorzimmer von Arlette Schwarzenbach an ihren neuen Arbeitsplatz. Das Pult war aus dunklem, glänzendem Holz. Ein bequemer Bürostuhl, jede Menge Regale mit Ordnern, die fein säuberlich beschriftet waren, ein Tisch mit Besucherstuhl und eine Küchenecke mit Kaffeemaschine komplettierten den Raum. Laura schaute sich in ihrem neuen Reich um und freute sich über den gehobenen Stil. Es blieb ihr aber nicht viel Zeit, sich an ihrem Büro zu ergötzen. Die Chefin holte ihren Chefsessel, setzte sich neben sie an den Computer und führte sie in das EDV-System und die organisatorischen Aufgaben des Hotelbetriebs ein. Sie zeigte ihr den Geschäftsprozess und Dienstanweisungen. Laura hatte noch nicht alles kapiert, da sprach Arlette Schwarzenbach bereits zum Thema Wareneinkauf und -lagerung, über Werbe- und Marketingmaßnahmen und die Arbeiten im Empfangsbereich.

»Sie und ich sind für die Kontrolle und Effizienz verantwortlich. Das ist das Wichtigste. Ausführende sind die Angestellten in den verschiedenen Abteilungen. Damit wir unserer Aufgabe gerecht werden, müssen wir die Arbeitsabläufe kennen.«

Mit einem Kopfnicken bestätigte die neue Assistentin den Hinweis.

»Eine Ihrer Hauptaufgaben wird die Erarbeitung von Veranstaltungen und Banketts sein. Sie beraten die Kunden hinsichtlich Abfolge, Dekorationen, Räumlichkeiten und Preisen. Ausführende sind die Mitarbeitenden. Sie jedoch sind zuständig, dass alles gemäß Bestellung abläuft. Bei der Organisation des ersten Anlasses unterstütze ich Sie und zeige Ihnen, wie wir es handhaben. Beim zweiten Event übernehmen Sie die Verantwortung, aber ich kontrolliere jeden Punkt. Sie werden in Zukunft auch die touristischen Angebote planen und gestalten.«

Laura wurde schwindelig. Die geballte Ladung an Informationen überstieg ihr Aufnahmevermögen, und sie zweifelte bereits, ob ihr Wissen und ihre Erfahrungen reichten, um die Aufgaben zu erfüllen. Sie sprach sich innerlich Mut zu.

Arlette Schwarzenbach referierte weiter: »Wir achten auf die Einhaltung der Qualitätsstandards in allen Abteilungen des Betriebs. Ich erwarte von Ihnen, dass Sie keinen Millimeter von diesen abweichen oder einen Fehler von Angestellten durchgehen lassen. Der Großteil der Arbeitskräfte arbeitet schon länger im Hotel und kennt die Anforderungen. Den anderen bringen Sie es, falls nötig, bei. Sofern etwas nicht in Ordnung ist, informieren Sie mich umgehend.«

Am Abend rauchte Laura der Kopf. Selbstzweifel stiegen in ihr hoch. Das Nachtessen ließ sie aus. Sie hatte nur ein Bedürfnis: sich in ihr Bett sinken zu lassen, einzuschlafen und alles zu vergessen.

KAPITEL 3 / ARBEITSVERHÄLTNISSE

Nachdem Laura eine Woche lang von morgens früh bis abends spät fast pausenlos auf den Beinen gewesen war, empfand sie eine noch nie empfundene Müdigkeit. In dieser kurzen Zeit hatte sie die Mitarbeiter und Arbeitsabläufe kennengelernt und sich mit ihren Aufgaben vertraut gemacht. Arlette Schwarzenbach sprach ihr einen halben Tag Freizeit zu. Laura erfüllte sich ihren größten Wunsch. Sie verzog sich in ihr Zimmer, legte die Beine hoch, schaltete ab. Für weitere Aktivitäten fehlte ihr der Schwung. Sie hatte in der Hotelbibliothek ein Buch gefunden mit dem Titel: *Sisis Zuflucht: Kaiserin Elisabeth und die Schweiz* des Autors Michael van Orsouw. Im Frühherbst 1898 residierte Elisabeth, Kaiserin von Österreich und Königin von Ungarn, im *Grandhotel* in Caux, einem kleinen Vorort von Montreux. Schon in den vorhergegangenen Jahren hatte sie sich oft, auch mit ihrem Mann, dem Kaiser, in der Gegend aufgehalten. Ihr gefiel die Landschaft wegen der Berge, der Weite und dem See. Ohne Personenschutz begab sie sich zusammen mit einer Hofdame in die Stille der Bergwelt oder auf Entdeckungsreisen. Das wurde ihr bei einer Fahrt mit dem Salonraddampfer nach Genf zum Verhängnis. Dort wurde sie von einem Attentäter umgebracht.

Obwohl Laura die Geschichte der sagenumwobenen Frau mit Ecken und Kanten faszinierte, fielen ihr die Augen zu. Sie schlief tief und fest, bis ein Höllenlärm sie aus dem Schlaf riss. Erschreckt fuhr sie hoch und schaute sich um. Hatte sie geträumt? Stimmengewirr drang aus dem Flur vor ihrem Zimmer. Sie verstand kein Wort. Die Frauenstimmen tönten aufgebracht, die Männerstimme wütend. Ihre Neugierde lockte sie aus dem Bett. Vier Frauen, den hellblauen Arbeitskitteln nach zu urteilen vom Housekeeping, und ein Mann stritten um die Wette. Alle schwatzten miteinander, ohne sich zuzuhören. Die Gesten und Gesichtsausdrücke zeigten, dass es sich um ein wichtiges Thema handelte. Bei Lauras Anblick verstummten sie und sahen sich gegenseitig fragend an.

»Darf ich wissen, was hier los ist?«, fragte Laura.

Sie bekam keine Antwort.

»Wenn ihr Geheimnisse habt, müsst ihr diese nicht im Flur besprechen.«

Der Mann trat einen Schritt näher zu Laura und schaute ihr wütend in die Augen: »Sie sind schuld.«

»Ich? Woran?«

»An unseren Arbeitsbedingungen.«

»Ich arbeite seit einer Woche hier. Logischerweise kann ich dann nicht an Ihrem Problem schuld sein. Wenn Sie unzufrieden sind, müssen Sie nicht hier im Korridor den Aufstand proben. Melden Sie sich bitte höflich beim Personalbüro.«

»Das sagen Sie so, als ob es einfach wäre. Wir bekommen nicht einmal einen Gesprächstermin bei dieser Pauline Roux. Sie wimmelt uns immer ab.«

»Um was genau handelt es sich?«

»Um die Unterbringung der Mitarbeitenden. Die ist miserabel für ein Hotel dieses Standards! Die Gäste leben in Saus und Braus, und wir hausen unter erbärmlichen Wohnbedingungen.«

»Was meinen Sie? Zeigen Sie es mir. Ich heiße im übrigen Laura Pfeiffer und bin die Assistentin des Hotelmanagements.«

»Ich bin Janik Antonescu. Das sind Svetlana Popa, Olga Daskalu, Mira Matei und Liana Gabor. Wir sind aus Rumänien und arbeiten im Housekeeping-Team. Hauptsächlich sind wir als Reinigungskräfte tätig. Man hat uns versprochen, dass wir in der Schweiz ordentlich Geld verdienen. Leider hat uns niemand gesagt, dass es für Kost und Logis happige Abzüge gibt und am Ende nicht viel übrig bleibt. Die Unterkunft ist unzumutbar für den Preis, den wir bezahlen.«

»Ich wohne auch nicht in einer Suite.«

»Aber Sie haben ein Zimmer für sich allein.«

»Ja.«

»Schauen Sie mal unsere an.«

Er stampfte voran und öffnete eine Tür. Der Raum hatte die Größe ihres Zimmers, aber es standen zwei Kajütenbetten darin, mehrere Stühle, ein Tisch und vier Garderobenschränke. Eine Dachgaube ließ wenig Licht in die Kammer.

»Toiletten und Duschen benützen wir gemeinsam. Sie sind am anderen Ende des Gangs in einem Verschlag wie diesem.«

»Ich gebe euch recht, das ist nicht luxuriös und zu knapp für vier Personen. Und was wird dafür abgezogen?«

Sie staunte ob der Höhe des Betrags, den er nannte. Da

stimmte tatsächlich etwas nicht. Aber sie würde sich im Moment nicht dazu äußern. Es würde nur Öl ins Feuer gießen.

»Und was fordert ihr genau?«

»Wir verlangen bessere Bedingungen. Zweierzimmer, wie uns versprochen wurde, und geringere Abzüge. Sonst streiken wir.«

»Lasst mich die Sache morgen mit den Damen Schwarzenbach und Roux besprechen. In der Schweiz wird nicht so schnell gestreikt. Zuerst finden Verhandlungen statt.«

»Können wir Ihnen vertrauen? Setzen Sie sich wirklich für uns ein?«

»Ja.«

»Sie sind die Erste, die uns zuhört und etwas unternehmen will. Kommen Sie, das begießen wir.«

Er sagte zwei Sätze auf Rumänisch zu den Frauen. Diese holten Stühle in den Flur und drängten Laura, sich zu setzen. Minuten später hatten alle ein Glas in der Hand. Janik schenkte Rotwein ein.

»Auf unsere Verhandlungen!«, prahlte er.

Mit verschwörerischen Mienen stießen sie zusammen an. Laura bot ihnen das Du an. Verwunderung und Freude zeichnete sich auf den Gesichtern der Menschen ab. Anscheinend waren sie es nicht gewöhnt, dass Personen aus der Chefetage sich duzen ließen. Laura hatte dazu ihre eigene Philosophie. Sie begegnete Mitarbeitenden mit dem gleichen Respekt, mit dem auch sie behandelt werden wollte. Egal in welcher Position jemand seine Arbeit verrichtete. Sie war sich bewusst, dass jeder Teil des Motors einer Firma wichtig war, und sei es die kleinste Schraube.

Svetlana stimmte unverhofft das Lied »When we were young« von Adele an. Der Gesang traf Laura bis ins Innerste. Sie fragte sich, ob es der Text war, der sie so berührte.

Oder kamen die Emotionen daher, dass die Rumänin mit viel Gefühl und einer ausdrucksvollen Stimme sang? Während der ganzen Darbietung bewegte sich niemand der Zuhörer. Nur Laura zückte ihr Handy und nahm einen Teil des Liedes auf Video auf. Zum Schluss klatschten alle wie wild.

»Du bist eine begnadete Sängerin.«

»Danke. Ja, man sagt, dass ich Talent besitze. Tatsächlich plane ich eine Gesangskarriere. Es muss mich nur noch jemand entdecken.«

Sie lächelte melancholisch und fügte hinzu: »Unter Umständen gelingt es mir in Montreux.«

»Ich wünsche dir Erfolg.«

Das Zusammensein mit den Mitarbeitenden tat Laura wohl. Sie genoss den Moment und den Wein, der ausgezeichnet schmeckte. An der Hotelfachschule hatte sie die Kunst der Weinverkostung erlernt. Nun versuchte sie, ihre Kenntnisse abzurufen. Sie kam zum Schluss, dass es sich um einen strukturierten und komplexen Rotwein mit feinen Tanninen und holzigen Noten handelte. Sie nahm das Etikett in Augenschein. Es war ein Merlot einer renommierten Kellerei aus dem Wallis. Erst in ihrem Zimmer fragte sie sich verwundert: Woher hat jemand, der sich über die Arbeitsbedingungen beklagt, einen solchen Wein?

KAPITEL 4 / VERMISST

Laura schlief hundsmiserabel in dieser Nacht. In einer Wachphase setzte sie sich an den Computer. Im Posteingang fand sie viele unbeantwortete Mails. Eines war von Pedro Lukic, dem sie versprochen hatte, in Kontakt zu bleiben. Der Wachtmeister schrieb, wie es ihm, ihrer Schlummermutter Alexa und der Freundin Marianne erging. Sie hatte ein wenig Sehnsucht nach Zermatt und den Menschen. Gerne wäre sie einmal hingefahren. Aber sie hatte ihre neue Tätigkeit erst aufgenommen. Ferien waren im Moment nicht drin. Seit Tagen hatten sich ihre Gedanken nur mit Arbeitsabläufen beschäftigt. Die Sommermonate im Bergdorf waren in weite Ferne gerückt. Sie entschuldigte sich, dass sie nichts hatte von sich hören lassen, und berichtete von ihrem Einstieg am neuen Arbeitsort. Ihm vertraute sie ihre Zweifel an, den Anforderungen nicht gewachsen zu sein. Niemandem sonst hätte sie gewagt, ihre Zerrissenheit mitzuteilen. Und da sie schon dabei war, beantwortete sie auch die anderen Mails. Ihrer Mutter beschrieb sie die Lage des Hotels, die Ausstattung der Zimmer und die Menükarte. Kurz vor 5 Uhr legte sie sich wieder schlafen.

Ein heftiges Klopfen weckte sie. Ein Blick auf den

Wecker zeigte ihr, dass es 8 Uhr war. Sie schlüpfte aus dem Bett und huschte an die Tür.

»Wer ist da?«

Olga, eine der Mitarbeiterinnen, die sie gestern im Flur kennengelernt hatte, meldete sich in gebrochenem Englisch.

»Bitte komm. Es ist etwas passiert.«

»Bin gleich bei dir. Warte kurz.«

In aller Eile zog sie sich an. Ohne einen Schluck Kaffee am Morgen fiel es ihr schwer, sich zu konzentrieren und sich in die Sorgen der jungen Frau hineinzuversetzen. Was sie dann zu hören bekam, drang zwar an ihre Ohren, aber sie verstand es im ersten Moment nicht.

»Meine Freundin und Arbeitskollegin, Svetlana Popa, ist gestern nach unserem Zusammensein weggegangen. Sie sagte, dass sie in Évian-les-Bains einen Freund treffe. Der hatte ihr beteuert, Fotos von ihr an ein Magazin zu verkaufen und sie als Modell groß rauszubringen. Sogar einen Termin mit einem Musikagenten versprach er zu besorgen. Sie ist nicht zurückgekommen. Nie würde sie über Nacht wegbleiben. Gewiss ist ihr etwas zugestoßen. Bitte hilf ihr.«

Sie hatte aufmerksam zugehört und versucht, die junge Frau zu beruhigen. Aber zuerst brauchte sie einen Espresso, um ihren Motor auf Touren zu bringen.

»Ich nehme an, dass du schon probiert hast, sie per Handy zu erreichen?«

»Ja, sie antwortet nicht.«

»Womöglich hat sie bei ihm übernachtet und kommt bald zurück. Mach dir keine Sorgen.«

»Das würde sie nie tun. Sie hat eine Familie in Rumänien.«

»Warten wir mal ab bis am Abend. Gib mir wieder Bescheid. Ich bin selbst spät dran und brauche jetzt dringend eine Tasse Kaffee.«

Arlette Schwarzenbach schaute sie mit hochgezogenen Augenbrauen an, als sie gegen 9 Uhr immer noch verschlafen im Büro aufkreuzte.

»Entschuldigen Sie bitte die Verspätung. Ich hatte ein unaufschiebbares Problem mit Mitarbeitenden zu lösen.«

»Welches?«

Laura trat von einem Fuß auf den anderen. In ihren Gedanken hatte sie sich nicht zurechtgelegt, wie sie beabsichtigte, das Anliegen an die Frau zu bringen.

»Ich höre«, insistierte die Vorgesetzte.

»Streik.«

»Sprechen Sie in ganzen Sätzen mit mir.«

»Was würde geschehen, wenn ein Teil unserer Mitarbeiter streiken würde?«

»Es besteht kein Grund dafür.«

»Nun ja, die Unterbringung von vier Personen in einem Zimmer wirft Fragen auf. Zudem sind die Mietabzüge gleich hoch wie für die, die sich zu zweit einen Raum teilen.«

»Dafür ist die Personalabteilung zuständig.«

»Schon. Aber ich wurde darauf angesprochen.«

»Normalerweise bespreche ich solche Angelegenheiten mit den Verantwortlichen.«

»Diese blockte die Fragesteller ab und ließ nicht mit sich diskutieren. Ich habe versprochen, dass ich mich darum kümmere und ebenfalls mit Ihnen darüber spreche.«

»Ich habe schon in Zermatt befürchtet, dass Sie sich auch hier Problemen annehmen, die nicht Ihre sind. Das habe ich mir selbst eingebrockt, nehme ich an.«

»Wie meinen Sie das?«

»Sie haben mich beim Vorstellungsgespräch darauf hingewiesen, dass Sie den Konflikten jeweils nachgehen und nicht lockerlassen.«

»Ja. Das ist eine Charaktereigenschaft von mir. Auf irgendeine Art habe ich ein Händchen dafür, immer wieder in solche Situationen hineingezogen zu werden.«

»Da Sie erst seit Kurzem hier sind, lasse ich Nachsicht walten. Sie kennen die äußeren Umstände nicht. Es besteht Wohnungsnot in Montreux. Vor allem günstiger Wohnraum ist rar. Wir sind auf der Suche nach Räumlichkeiten in der näheren Umgebung. Die Abklärungen laufen. Bis dahin sind die Mitarbeitenden gezwungen, diese Situation zu akzeptieren.«

»Aber ihnen wurde etwas anderes versprochen. Und weshalb zahlen vier Personen in einem Zimmer so viel wie zwei? Das ist doch nicht gerecht.«

»Klären Sie das mit der Personalabteilung.«

Arlette Schwarzenbach schien genervt von den Argumenten, die Laura vorbrachte.

Diese bemerkte das. Sie hatte den Rumäninnen allerdings das Wort gegeben und vermochte nicht anders, als zu insistieren. Sie nickte mit dem Kopf, trat zu ihrem Pult, griff zum Telefonhörer und rief Pauline Roux an. Diese reagierte schroff auf die Anfrage.

»Ich prüfe das mit den Abzügen der Rumäninnen und gebe Bescheid. Aber heute habe ich Wichtigeres zu erledigen.«

»Es gibt nichts Wichtigeres. Du riskierst einen Streik.«

»Keine Sorge. Das wagen sie nicht. Sonst fahren die gleich wieder dahin zurück, wo sie herkommen.«

»Und wer erledigt dann die Arbeit?«

»Du, weil du dich eingemischt hast.«

Pauline legte wütend auf. Sie stellte bei der Überprüfung fest, dass ihr effektiv ein Fehler unterlaufen war. Sie hatte allen, die in Viererzimmern einquartiert waren, den Abzug für ein Doppelzimmer verrechnet. Es ärgerte sie, weil sie es nicht gemerkt hatte, obwohl sie schon einmal darauf angesprochen worden war. Und nun kam diese Assistentin der Hotelmanagerin daher und wies sie auf diesen Irrtum hin. Das hatte ihr gerade noch gefehlt. Laura hatte bemerkt, dass sie in ein Wespennest gestochen hatte. Ihre zweite Frage, die wegen der verschwundenen Svetlana, verschob sie auf einen späteren Zeitpunkt. Günstigstenfalls tauchte diese in der Zwischenzeit ja wieder auf.

Den restlichen Morgen beschäftigte sich Laura mit dem Wareneinkauf. Unvermittelt stockte sie. Zu den Weinen, die das Hotel regelmäßig einkaufte, gehörte dieser Merlot, den sie gestern mit den Rumänen genossen hatte. War das ein Zufall? Sie vermutete, dass Janik diesen entwendet hatte. Sie beschloss, die offene Frage zu klären, und rief den Kellermeister an.

»Ist es Ihnen möglich, am Nachmittag eine Inventur des Weinlagers vorzunehmen?«, fragte sie, nachdem sie sich vorgestellt hatte.

»Heute?«

»Ja. Es eilt.«

Sie gab ihm keine weiteren Erklärungen ab.

Ihre Vorgesetzte weihte sie ein. André Bille, der Kellermeister, klemmte sich hinter die Arbeit. Laura besuchte ihn am Nachmittag im Weinlager. Mit einem Klemmbrett in der Hand stand er vor den Gestellen und zählte die Flaschen ab. Bei ihrem Eintreten schaute er kurz auf.

»Sind Sie diejenige, die mir diese Arbeit aufgebrummt hat?«

»Verzeihen Sie. Es ist allerdings wichtig. Ich nehme an, dass jemand sich hier widerrechtlich am Wein bedient. Und wir sind gezwungen, dies aufzuklären.«

»Die Zahlen bestätigen Ihre Vermutung. Nur ist es mir unerklärlich, wer es ist und wie das gelang.«

Laura ließ sich den Ablauf der Warenausgabe beschreiben. Er erklärte ihr die Abwicklung bis ins Detail. Das Gespräch floss dahin. Ohne es zu merken wechselten sie zum Du.

»Ist dir der Ausdruck ›part des anges‹ oder zu Deutsch: der ›Anteil für die Engel‹ ein Begriff?«

Laura schüttelte den Kopf.

»Die Bezeichnung kommt aus der Whiskybrennerei und bezeichnet den Anteil des Whiskys, der im Laufe seiner Lagerung aus dem Fass verdunstet. Dass hier bei uns ganze Flaschen verschwinden, ist nicht einem Engel zuzuschreiben, sondern einem Dieb.«

»Meine Vermutungen bewahrheiten sich.«

»Falls dieser Rumäne neben seiner Dreistigkeit auch mit Dummheit gesegnet ist, finden wir den Wein bei ihm.«

André Bille sprach ihr Mut zu.

»Und wenn er einwendet, die besagte Flasche gekauft zu haben?«

»Die sind nummeriert. Es ist eine Special-Edition aus der 17er-Ernte. Ich kenne die fehlenden Nummern.«

»Du schlägst eine Sicherheitskontrolle vor?«

»Genau. Und zwar mit kurzfristiger Ankündigung.«

Im Schrank in Janiks Zimmer fanden sie weitere gestohlene Flaschen. Er versuchte, das Delikt auf seinen Mitbewohner abzuschieben. Dieser beteuerte, er sei Antialkoholiker und habe keine Ahnung vom Wert der Beute. Dann behauptete Janik, den Wein selbst gekauft zu haben. Laura belegte, dass es sich um nummerierte Flaschen aus dem Bestand des Weinkellers handelte, und diese fehlten. Grund genug für eine fristlose Kündigung und eine Anzeige bei der Polizei wegen Diebstahls.

»Verflucht seist du. Hol dich der Teufel«, schrie er sie an und spuckte vor ihr auf den Boden.

»Du hattest nicht das Recht, mein Zimmer ohne Vorankündigung zu durchsuchen. Das wird Folgen haben. Ich habe dir vertraut. Du wirst mich kennenlernen, du Verräterin.«

Laura hatte ihm in Absprache mit der Hotelmanagerin die fristlose Kündigung ausgesprochen und ihn aufgefordert, seine Siebensachen zu packen. Ihm wurde nahegelegt, das Hotel sofort zu verlassen.

Damit hatte sie an diesem Tag einen weiteren Minuspunkt bei Pauline gesammelt. Die Einmischung in deren Angelegenheiten und die Entlassung eines Mitarbeiters ohne vorherige Absprache senkten den Beliebtheitsgrad in der Personalabteilung massiv.

Der Vorfall und die Verfluchung durch Janik beschäftigten Laura. In der Nacht verfolgten sie Träume. Ein rotschwarz gekleideter Mann mit Hörnern auf den Schultern schlug mit einer Flasche auf sie ein, bis sie auf die Größe eines Zwerges geschrumpft war. Schweißgebadet erwachte sie, stand auf und schlurfte zum Fenster. Der Ausblick beruhigte sie ein wenig. Der Vollmond spiegelte sich im

Genfersee, die Berggipfel der Savoyer Alpen leuchteten in einem Lilablau. Das Display des Weckers zeigte, dass es kurz nach Mitternacht war. Zur selben Zeit kämpfte Svetlana auf der gegenüberliegenden Seeseite mit ihren Peinigern.

KAPITEL 5 / SVETLANA IN NOT

Sie war aus Rumänien weggefahren mit einem Vertrag als Hotelangestellte in der Tasche. Ihr war versprochen worden, dass sie viel Geld verdienen könne in der Schweiz, um ihre Familie zu unterstützen. Ihre Mutter und ihr Vater hatten sich vor einem Jahr bei einem Autounfall schwere Verletzungen zugezogen. Sie waren nicht mehr in der Lage, für ihren Lebensunterhalt aufzukommen und einer Arbeit nachzugehen. Eine Tante mütterlicherseits kümmerte sich um die beiden. Svetlana verdiente einen Großteil, um alle durchzubringen. Sie hatte ihnen geschrieben, wie verheißungsvoll es sei am Genfersee und dass sie Freundinnen gefunden habe. Zweimal hatte sie bereits Geld nach Hause geschickt und dabei stets eine große innere Zufriedenheit empfunden. Die Eltern hatten sich bedankt, betrachteten es aber als selbstverständlich, dass ihre Tochter für sie sorgte. Dass diese mit drei anderen Frauen ein Zimmer teilte, keine Privatsphäre hatte und sich nichts gönnte, wussten sie nicht. Svetlana selbst versuchte, es zu ignorieren. Was brauchte sie mehr als ein Dach über dem Kopf und drei Mahlzeiten am Tag. Aber dann sah sie tagsüber, wie die Hotelgäste in verschwenderischer Fülle schwelgten. Frauen warfen ihre Roben achtlos auf den Boden und marschierten jeden Tag mit sackweise neuen Kleidern aus Modeboutiquen ins Hotel. In dieser Umgebung empfand sie es schwer, bescheiden zu bleiben und mit dem wenigen zufrieden zu sein, das sie bekam. Deshalb war es für Janik ein Leichtes, ihr eine Karriere als Fotomodell anzupreisen. Er hatte ihre Schönheit gerühmt und ihr empfohlen, bei einer Fotografin in Évian-les-Bains, auf der französischen Seeseite, Fotos schießen zu lassen, um diese an eine Modelagentur weiterzugeben. Er habe einen Freund, der Beziehungen habe. Und wenn alles nach Plan laufe, könne sie sogar vorsingen und eine Musikkarriere einschlagen.

»Ich bin 100 Prozent sicher, dass du einen Job bekommst, mit deinem Aussehen und deiner Ausstrahlung. Du wirst in Paris auf dem Laufsteg defilieren. Nein, noch viel mehr: Du wirst eine berühmte Sängerin. Und ich sage dir eines, dann wirst du im Geld schwimmen.«

Er hatte ihr geschmeichelt und das Blaue vom Himmel prophezeit. Vor allem die finanziellen Aussichten berauschten sie. Sie sah vor dem inneren Auge, wie sich die Geldsorgen in Luft auflösten. Janik hatte für sie einen Termin vereinbart und ihr die Anreise zum Tor in eine strahlende Zukunft beschrieben. Mit dem Schiff war sie von Lausanne nach Évian-les-Bains gefahren. Auf der ganzen Fahrt fühlte sie sich bereits wie eine Prominente. Der angebliche Freund und Immobilienmakler Georges erwartete sie an der Schiffsanlegestelle. Er schmierte ihr Honig um den Mund und beteuerte, dass sie alle Voraussetzung für ein Model erfülle. Als sie sich bei der Fotografin vor den roten Stoffhintergrund setzte, verdrückte sie vor Freude eine Träne. Dass ihr auferlegt wurde, in Unterwäsche zu posieren, passte ihr allerdings gar nicht.

Sie wurde von den beiden überredet. Eine erfolgreiche Agentur wolle Einblick haben, was unter den Kleidern stecke. Schon da hätte sie aufhorchen und sich fragen sollen, ob sie bei den richtigen Personen gelandet war. Aber zu sehr sah sie sich in eleganten Roben über den Laufsteg schweben, Verträge mit Designern unterschreiben, einkassieren und den Eltern diskret bündelweise Geld zustecken. Halbwegs zufrieden kehrte sie nach Montreux zurück und wartete auf eine Nachricht. Die Ungewissheit über ihre Zukunft nagte an ihr. Zwischen Hoffen und Bangen verbrachte sie die Zeit bis zum Entscheid. Ein paar Tage später rief Georges sie an und gratulierte ihr. Die Agentur wünsche sie zu treffen. Sie solle gegen Abend nach Évian-les-Bains kommen, um eine Vereinbarung zu unterzeichnen. Er gab ihr die Adresse eines Hotels. Dort bekam sie ein Dokument, welches sie nicht verstand. Es war auf Französisch ausgestellt. Aber sie unterschrieb es voller Freude. Georges hatte ihr vorgesäuselt, dass dies der erste Schritt zur Berühmtheit sei. Nach der Unterschrift brachte er sie direkt in eine Dachkammer im Gebäude.

»Ich brauche deinen Pass. Du bekommst ihn später zurück.«

Zögernd reichte sie ihm das Dokument. Er riss ihr das wertvolle Ausweispapier aus den Händen und betrachtete sie durchdringend.

»Du wartest hier und gibst mir auch dein Handy.«

»Was?«

»Ja, das steht so im Vertrag. Du bekommst später ein neues.«

Zweifel stiegen in ihr hoch. Hatte sie wirklich richtig gehandelt?

»Nun komm schon. Her damit!«, fauchte er sie an. Kaum hatte er das Gewünschte, verließ er den Raum und schloss hinter sich ab. Svetlana verzweifelte. Nur etwas tröstete sie. Jedenfalls hatte sie ein Zimmer für sich allein. Das ist immerhin ein Fortschritt, überlegte sie. Alles, was folgte, erwies sich innert kurzer Zeit als ein Hohn. Sie wurde noch am selben Abend instruiert, wie sie sich an Männer zu verkaufen und ihnen ihr Geld aus der Tasche zu locken habe. Für Svetlana war klar: nein, so nicht. Sie weigerte sich standhaft. Dafür wurde sie grün und blau geschlagen und in ihrem Zimmer eingeschlossen. Mit körperlichen und seelischen Schmerzen lag sie in ihrem Bett, außerstande, sich zu rühren. Françoise, eine ältere Dame aus dem sogenannten *Hotel*, kümmerte sich rührend um sie. Sie brachte ihr kühlende Umschläge, salbte ihre blau geschlagenen Hautstellen und redete beruhigend auf sie ein. Sie sprach ein wenig Englisch, sodass sich die beiden den Umständen entsprechend wenigstens verständigen konnten.

»Wenn du dich nicht darauf einlässt, schlagen sie dich tot. Du wärst nicht die Erste. Es gibt Schlimmeres auf dieser Welt, als eine Liebesdienerin zu sein. Stell dich schlau an. Mit der Zeit wird es dir gelingen, heimlich kleine Beträge zur Seite zu schaffen. Und wenn du Glück hast, kauft oder heiratet dich eines Tages ein Freier, und du kommst hier raus.«

»Kaufen?«

»Ja, du bist ab jetzt Eigentum von Georges und dem Chef. Er will mit dir sein Geld verdienen. Schließlich hat er auch für dich bezahlt.«

»Was?

»Ja. Du wurdest verkauft. Von wem, wissen wir alle

nicht so genau. Aber es handelt sich bestimmt um eine einflussreiche Person.«

Svetlana fiel die Kinnlade runter. Ein Schmerz durchzuckte ihren Körper, und eine große Hilflosigkeit überfiel sie. Sie hatte verstanden, dass sie von nun an eine Sklavin war und dieser demütigenden Arbeit nachgehen musste. Sie sah nur den Tod als Ausweg.

»Lieber sterbe ich«, hauchte sie.

»Das lasse ich nicht zu. Und die auch nicht.«

»So kann ich nicht leben.«

»Du hast keine andere Wahl. Wenn du willst, dass deiner Familie nichts passiert, reißt du dich besser zusammen. Die kennen das Lebensumfeld von allen Frauen. Sie sind sich nicht zu schade, dort anzurufen, vorbeizugehen und gehöriges Unheil anzurichten.«

Svetlana horchte auf. Das musste sie auf jeden Fall vermeiden. Aber gab es eine Alternative? Zuerst entschied sie, ihre faktische Arbeitsunfähigkeit zu nutzen, um in dieser Zeit einen Plan auszuhecken. Ihr war klar, dass ihre Familie keinen Schaden erleiden durfte. Wenn sie doch nur die Möglichkeit bekäme zu telefonieren. Dann könnte sie Janik Bescheid geben. Aber der war vielleicht Teil dieses Schmutzgeschäfts. Gewiss würde Olga etwas unternehmen, sie suchen, sie finden, sie befreien. An diesen Gedanken klammerte sie sich.

»Ich habe Schmerzen. Lass mich in Ruhe«, seufzte sie. Sie drehte sich zur Wand und stöhnte.

»Ich gebe dir noch eine Schmerztablette, aber dann ist Schluss. Verstanden?«

Svetlana gab keine Antwort. Sie stieß einen tiefen Seufzer aus.

KAPITEL 6 / ANTRAGSTELLER

Laura hatte einen anstrengenden Arbeitstag hinter sich. Am Abend stand die erste Sitzung mit Antragstellern für Kulturförderung an.

Zwei intellektuell anmutende Männer, beide mit runden Nickelbrillen, erwarteten Laura in gespannter Erwartung im Sitzungszimmer. Sie drehten ihre Köpfe und schauten sie vorwurfsvoll an, als sie mit Verspätung eintraf.

»Guten Abend. Mein Name ist Laura Pfeiffer. Ich bin die Assistentin des Hotelmanagements. Herzlich willkommen im *Hôtel le Président*.«

Sie lächelte die Herren entwaffnend an. Tatsächlich entspannte das die Situation. Dezidiert stellten sich die beiden vor. Maurice Monnet und Pierre Pure waren Autoren des *Waadtländischen Schriftstellerverbandes*. Laura eröffnete die Zusammenkunft und versicherte, dass sie sich über ihren Besuch freue.

»Meine Aufgabe ist es, hier und heute Ihr Anliegen entgegenzunehmen, es zu prüfen und Herrn Roi eine Empfehlung abzugeben. Ihre Herausforderung besteht darin, dass Sie mir Ihr Projekt so genau wie möglich vorstellen und mir überzeugende Argumente vorlegen, weshalb Ihnen ein Beitrag zugesprochen werden soll.«

Sie legte eine Pause ein und schaute die beiden Männer an. Dann fuhr sie fort: »Es ist dies, wie Sie vielleicht wissen, meine erste Sitzung für die Vergabe von Geldern an die Kulturförderung. Es ist möglich, dass ich Ihnen Fragen stelle, die Sie nicht erwarten. Lassen Sie sich dadurch nicht verunsichern.«

Die Herren lächelten nachsichtig.

Maurice Monnet ergriff das Wort: »Prima. Danke, Frau Pfeiffer. Ich höre, dass Französisch nicht Ihre Muttersprache ist. Wenn Sie etwas nicht verstehen, sagen Sie es. Ich wiederhole es gern, umschreibe den Sachverhalt oder versuche, auf Schwyzerdütsch zu übersetzen.«

Laura nickte ein wenig gekränkt. Aus ihrer Sicht sprach sie schon recht passabel. Trotzdem bedankte sie sich für die Rücksichtnahme. Dennoch zeichnete sie sicherheitshalber die Sitzung auf Tonband auf. Sie hatte sich in den Kopf gesetzt, die Zusammenfassung an Monsieur Roi fehlerlos abzuliefern.

»Ich bin der Präsident des *Kantonalen Schriftstellerverbandes*. Dieser zählt 180 Mitglieder. Alle haben mindestens ein Buch veröffentlicht, einige sind in andere Sprachen übersetzt worden.«

Er hüstelte gekünstelt und schaute sie erwartungsvoll an. Sie neigte ein wenig den Kopf, um ihre Anerkennung anzudeuten.

»Wir planen, in Montreux ein Haus zu betreiben. Es soll ein Ort des Willkommens, des Austauschs und der Ausbildung für Autorinnen und Autoren aller Horizonte und Niveaus werden. Das Konzept zielt darauf ab, den Akteurinnen und Akteuren der Branche Unterstützung, Rückhalt und Entwicklungsmöglichkeiten zu bieten. Mit einem reichhaltigen Programm an Kursen, Lesungen oder Konferenzen bietet das Haus den Schriftstellerinnen und Schriftstellern in Zukunft ein Dach über dem Kopf an. Zudem sollte ein Lesesaal mit einer imposanten Bibliothek entstehen. Dieser stünde auch der Öffentlichkeit zur Verfügung. In diesem Haus könnten Freundinnen und Freunde der Literatur blühen und gedeihen.«

Die salbungsvollen Worte fielen bei Laura auf fruchtbaren Boden.

»Mir gefällt die Idee.« Sie war nicht in der Lage, sich zurückzuhalten. »Und haben Sie schon eine Immobilie gefunden? Ich habe gehört, dass es schwer ist, in Montreux an Liegenschaften zu gelangen.«

»Tatsächlich wurde uns ein Mehrfamilienhaus im Zentrum der Stadt in Aussicht gestellt. Die Besitzerin, Madame Marie Chevalley, ist im fortgeschrittenen Alter, sie hat keine Nachkommen und möchte ihren Nachlass regeln. Sie bietet es uns zu günstigen Konditionen an. Der Preis übersteigt zwar unsere materiellen Möglichkeiten. Das haben wir ihr auch schon mitgeteilt.«

»Und wie hat sie darauf reagiert?«

»Sie hat uns vorgeschlagen ein Fundraising zu organisieren und Sponsoren zu suchen. Zudem könnten wir Einnahmen generieren indem wir für andere kulturelle Gruppen Räumlichkeiten schaffen und diese in das Projekt integrieren. Am lukrativsten wäre die Vermietung der Wohnungen im Obergeschoss. Diese müssten aber noch sanft restauriert werden. Bevor wir allerdings in der Planung fortschreiten, wägen wir die Chancen für die finanzielle Unterstützung ab.«

»Haben Sie denn ein Konzept dabei? Und über welchen Betrag sprechen wir überhaupt?«

Er schob ihr eine Projektmappe zu. Darin enthalten waren eine Verkaufszusage zu einem fairen Preis, ein Businessplan, alle Unterlagen des Verbandes sowie Ansichten und Pläne des Hauses. Beim Anblick der Fotos des Gebäudes durchzuckte Laura ein genialer Einfall. Dieser Bau eignete sich ideal, um im Obergeschoss Personalunterkünfte zu generieren und somit die verzwickte Situation der Mitarbeitenden abzufedern. Das Erdgeschoss bot sich regelrecht für kulturelle Veranstaltungen an. Hätte Laura über die nötigen Mittel verfügt, wäre die Zusage ohne langes Nachdenken erteilt worden. Unter den aktuellen Umständen waltete sie jedoch als Vermittlerin und war zu Zurückhaltung verpflichtet. Es fiel ihr schwer, ihre Idee für sich zu behalten.

»Auf den ersten Blick gefällt mir das Projekt. Wie Sie jedoch wissen, bin ich für die administrativen Abläufe zuständig. Leider habe ich meinen Vorgesetzten noch nicht persönlich kennengelernt. Ich habe die Arbeit erst vor Kurzem aufgenommen, und der Chef weilt im Ausland. Wir werden uns demnächst treffen, und ich werde ihm Ihr Anliegen gerne unterbreiten.«

»Haben Sie weitere Fragen, Frau Pfeiffer?«

»Sind schon andere Geldgeber oder die öffentliche Hand in das Projekt involviert?«

»Die Idee steckt derzeit noch in den Kinderschuhen. Monsieur Roi ist der Erste, den wir versuchen dafür zu begeistern. Die Verkäuferin hat uns allerdings eine Frist gesetzt. Wir wären froh, wenn wir bis in zwei Wochen eine Vorentscheidung bekämen.«

»Dann warten Sie bitte noch zehn Tage ab. Fragen Sie keine weiteren Förderer an. Sie bekommen von uns innert nützlicher Frist eine Antwort.«

Sie konnte es sich nicht verkneifen anzufügen: »Ich habe da so eine Idee.«

Dabei schaute sie die Herren herausfordernd an.

Pierre Pure fragte nach: »Und wie sieht die aus?«

»Sie verstehen gewiss, dass ich darüber zuerst mit meinem Vorgesetzten spreche? Ich versichere Ihnen, dass es zu Ihrem Vorteil wäre.«

Der Abend war zufriedenstellend verlaufen, für beide Seiten. Die Herren hatte eine Projektidee mitgebracht, von der sie wünschten, dass Monsieur Roi einen Förderbeitrag lockermachen würde. Laura fand die Idee hervorragend. Sie sah sich schon, wie sie ihrem Chef den Vorschlag unterbreitete, dem Schriftstellerverband den Betrag zu sprechen und vertraglich zu vereinbaren, dafür das Obergeschoss zu Vorzugskonditionen für Mitarbeiterunterkünfte zur Verfügung zu stellen. Ein freudiger Schauer erfasste sie.

Beim anschließenden Umtrunk drehte sich das Gespräch vorwiegend um das *Hôtel le Président,* die Stadt Montreux und die kulturellen Anlässe. Laura konnte nicht viel dazu beitragen, aber sie hörte gerne zu und kam sich wichtig vor. Sie gefiel sich in dieser Rolle und hoffte, dass sie in Zukunft an diesem Projekt auf irgendeine Art mitbestimmen durfte. Sie würde heute Abend die Baupläne kopieren und Skizzen erstellen. In ihrem Kopf nahm das Haus schon konkrete Formen an. Aber sie war sich bewusst, dass es davon abhing, wie das erste Treffen mit Monsieur le Président verlief. Ihn und seine Befindlichkeiten musste sie zuerst kennenlernen. Sie bemerkte eine gewisse Anspannung in Bezug auf dieses Zusammentreffen. Was, wenn sie sich auf Anhieb unsympathisch wären oder er ganz andere Ziele verfolgte?

KAPITEL 7 / VERFOLGT

Svetlana litt vor allem an seelischen Schmerzen. Die Prellungen und Abschürfungen, die ihr die Männer zugefügt hatten, würden mit der Zeit heilen. Weshalb hatte sie darauf vertraut, dass jemand beabsichtigte, sie ohne Gegenleistung in Paris in einer Modelagentur unterzubringen? Wie töricht war sie nur gewesen. In der Nacht lag sie wach und überlegte, welche Fluchtmöglichkeiten es gab. Am nächsten Tag fühlte sie sich immer noch geschwächt. Sie stand nur auf, um ins Bad zu gehen. Dort trank sie Leitungswasser. Die Getränke und die Mahlzeit, die man ihr brachte, rührte sie nur zum Schein an. Sie reagierte auch nicht auf Menschen, die in ihr Zimmer kamen, um sie anzusprechen. Langsam entwickelte sich in ihrem Kopf ein Fluchtplan. Erst lange nach Mitternacht floss wieder Energie in ihren Körper und Geist. Sie merkte, dass nun der Moment zum Handeln gekommen war. Jedes Mal, wenn sie Frauenstimmen im Korridor hörte, rief sie »Hallo« oder klopfte an die abgeschlossene Zimmertür. Irgendjemand war auf sie aufmerksam geworden und hatte die Situation erfasst. Jedenfalls drehte in den frühen Morgenstunden eine unbekannte Person den Schlüssel im Schloss. Svetlana sprang auf, packte ihre

Habseligkeiten, schlich zur Tür, öffnete diese und spähte in den Korridor. Es war niemand zu sehen. Sollte sie es wagen? Lieber wäre sie tot, als hier in diesem Etablissement ihre Dienste anzubieten. Allein deshalb ging sie das Risiko ein. Nach einer anstrengenden Nacht schienen alle ins Bett gegangen zu sein und sich von ihrer Arbeit zu erholen. Auf Zehenspitzen schlich sie bis zur Treppe. Sie hörte keinen Ton aus dem Treppenhaus. Vorsichtig bewegte sie sich Stufe für Stufe bis ins Erdgeschoss. Dort überlegte sie, welche Richtung sie einschlagen sollte. Sie entschied sich gegen den Hauptausgang, dieser war sicherlich videoüberwacht. Aber bestimmt gab es eine Hintertür, und wenn sie Glück hatte, steckte sogar der Schlüssel. Und sie hatte Glück. Ohne ein Geräusch zu verursachen, stahl sie sich aus dem Haus. Leise zog sie die Tür hinter sich zu und verschwand in der Gasse der Altstadt. Nun war sie aus dem Gebäude raus. Aber wohin sollte sie sich wenden? Auf der Hinfahrt mit dem Schiff hatte sie die Karte des Genfersees studiert. Sie erinnerte sich, dass Richtung Westen Genf lag. Es schien ihr jedoch weit weg. Auf die andere Seite gelangte man dem Ufer entlang an die Schweizer Grenze. An den Namen des Ortes erinnerte sie sich nicht. Gegen Süden waren die Alpen, also gab es da kein Entrinnen. Sie entschied sich, die Route zur Grenze zu nehmen. An der Seepromenade in einem Park lehnte ein Fahrrad an einen Baum. Es war nicht abgeschlossen. Noch nie in ihrem Leben hatte sie etwas entwendet. Es fiel ihr schwer, fremdes Eigentum an sich zu reißen. Sie schwebte jedoch in Lebensgefahr, und da galten andere Gesetze.

»Gott im Himmel, vergib mir. Du weißt, dass ich noch

nie etwas gestohlen habe. Ich verspreche hoch und heilig …«.

Es fiel ihr keine feierliche Erklärung ein. Sobald die Männer im Hotel ihre Flucht feststellten, war sie ihres Lebens nicht mehr sicher. Die High Heels steckte sie in die Tasche. Barfuß trat es sich leichter in die Pedale. Auf der Hauptstraße fuhr sie Richtung Saint-Gingolph. Die Kilometeranzeige am Straßenrand kündigte ihr an, dass sie 16 Kilometer bis zur Grenze zurückzulegen hatte. Sie hatte demzufolge die richtige Entscheidung getroffen. Nur ab und an überholte sie ein Auto, oder es kam ihr eines entgegen. Ihr Ziel war es, vor Tagesanbruch aus Frankreich raus zu sein. Es dämmerte. Im französischen Teil des Grenzortes stieg sie vom Fahrrad und marschierte ein paar Schritte nebenher. Von Weitem hatte sie den Grenzübergang gesehen. Sie fragte sich, ob es eventuell eine andere Möglichkeit gab, um in die Schweiz zu kommen. Tatsächlich fand sie eine Parallelgasse. Über eine kleine Steinbrücke gelangte sie ohne Aufsehen über den Fluss La Morge in den schweizerischen Teil des Dorfes. An einem Brunnen trank sie Wasser und wusch sich den Schweiß von der Stirn. Eine Informationstafel für Touristen zeigte ihr, dass es noch 20 Kilometer bis Montreux waren. Dort hoffte sie sich im Hotel in Sicherheit. Bis Bouveret fuhr sie auf der Hauptstraße. Das gefiel ihr gar nicht. Die Angst, verfolgt zu werden, saß ihr im Nacken. Sie war froh, dass sie die restliche Strecke auf einem Fahrradweg den See entlangfahren konnte. Je näher sie ihrem Ziel kam, desto mehr fiel die Furcht von den Schultern. Sie war schon nahe der Stadtgrenze von Montreux, als ein Mann vor ihr auf den Uferweg sprang und ihr den Weg versperrte.

Svetlana ahnte instinktiv, dass es einer aus dem Bordell war. Sie hatten sie aufgespürt und würden sich rächen. Diese Kerle waren gerissen und mit allen Wassern gewaschen. Sie hatten logisch gefolgert, dass sie sich Richtung Montreux aufmachen würde. Ihre Absichten waren offenkundig einfach zu durchschauen gewesen, obwohl sie ihrer Meinung nach geschickt vorgegangen war. Diese Organisation ließ ihre Opfer nicht ohne Weiteres entkommen, denn es handelte sich um auserlesene Ware, die Geld einbrachte. Ausgerissene Frauen waren nicht nur verlorenes Kapital, sondern auch eine Gefahr für das Unternehmen. Das alles reimte sie sich im Nu zusammen. Sie schmiss dem Kerl das Fahrrad vor die Füße. Dann rannte sie um ihr Leben. Keine Menschenseele war auf der Promenade unterwegs. Nicht einmal ein Hundehalter. Sie kam nicht weit. Sie wurde eingeholt in dem Moment, als sie in eine Abzweigung Richtung Bahngleise einbog. Kräftige Hände packten sie am Arm und rissen sie herum. Sie schrie auf.

»Hilfe!«

Er drückte ihr die Hand auf den Mund.

»Ruhig, Schätzchen.«

Sie biss ihm in die Finger. Nun war er es, der jämmerlich aufheulte. Mit einem gezielten Tritt ins Bein setzte er sie schachmatt. Sie stürzte taumelnd ins angrenzende Blumenbeet. Einen Moment sah er verächtlich auf das wehrlose Opfer nieder, das sich vor Schmerzen krümmte. Noch nie in seiner bisherigen Handlangerkarriere hatte sich jemand erdreistet, ihn auf so fiese Art anzugreifen. Eine grenzenlose Wut entbrannte in seinem beschränkten Hirn. Er schlug mit roher Gewalt auf das Opfer ein und versuchte, es zu würgen. Mit letzter Kraft riss sich Svetlana los und stammelte: »Ich bin ein freier Mensch. Loslassen.«

»Dumme Schlampe. Deine Reise ist hier zu Ende.«

Sie trat mit den Füßen um sich.

»Das lässt du schön bleiben. Du kommst jetzt freiwillig mit uns zurück, oder du wirst etwas erleben.«

Er hockte sich auf ihren Körper und blockierte jede Bewegung. Sie biss die Zähne zusammen und schüttelte den Kopf.

»Nie im Leben«, stieß sie hervor. Das war der letzte Ton von Svetlana, der eine weitere Gewaltspirale in ihm auslöste.

KAPITEL 8 / WASSERLEICHE

»Wir haben an der Seepromenade am Stadtrand von Montreux eine Wasserleiche geborgen. Vermutlich handelt es sich um die vermisste Mitarbeiterin.«

Hauptinspektor Petitjean von der kriminaltechnischen Abteilung der Waadtländer Kantonspolizei hatte sich mit Inspektor Bonnet beim Hotelmanagement gemeldet und einen Termin für einen Besuch vereinbart. Arlette Schwarzenbach und Laura Pfeiffer empfingen die beiden Herren. Diese berichteten abwechselnd vom Leichenfund.

»Bitte schauen Sie sich die Fotos an. Handelt es sich bei dieser Person um die vermisste Svetlana Popa?«

Die beiden Frauen nickten einhellig mit dem Kopf. Beim Anblick der Bilder hatte es ihnen die Sprache verschlagen. Laura kullerten Tränen über die Wangen. Ironischerweise lag die begabte Sängerin am Seeufer hinter einem mit Musiknoten verzierten Zaun. Die Notenornamente waren vor Jahren für das *Montreux Jazz Festival* installiert worden und blieben auch nach dem Festival an Ort und Stelle. Die vorab angeforderte Personalakte der verstorbenen Mitarbeiterin schoben sie den beiden Herren über den Tisch.

»Was ist passiert?«, fragte Arlette Schwarzenbach nervös.

»Sie wurde misshandelt, erstickt und in den Genfersee geworfen. Die Täter sind äußerst brutal vorgegangen. Wir vermuten, dass die Frau mit einem Fahrrad von Frankreich in die Schweiz geflüchtet war. Bisher gefundene Indizien weisen darauf hin.«

Die beiden Frauen waren erschüttert.

»Olga Daskalu, ihre Zimmergenossin, hat uns vor drei Tagen berichtet, dass sie Svetlana vermisst. Wir hatten angenommen, dass sie bei einem Freund in Évian-les-Bains übernachtet und wieder zurückkommt. Nachdem wir keine Nachrichten mehr von ihr erhalten haben, habe ich mich bei der Polizei erkundigt, wie das Vorgehen ist. Mir war nicht klar, wer und wann man berechtigt ist, eine Vermisstenmeldung aufzugeben.«

Laura schluckte einen Kloß herunter.

Hauptinspektor Petitjean schaute sie aufmerksam an und legte eine Denkpause ein. Er kratzte sich an der Nase, strich sich über das Kinn und runzelte die Stirn. Die Antwort kam bedächtig: »Ja. Das ist in der Tat eine heikle Frage. Generell steht es bei uns jedem Erwachsenen, der im Vollbesitz seiner geistigen Kräfte ist, vollkommen frei, ohne Vorankündigung den Aufenthaltsort zu wechseln. Die meisten Vermissten tauchen innerhalb weniger Tage wieder von allein auf. Jeder Vermisstenfall ist jedoch anders gelagert. Deswegen kann ich keine allgemeingültige Antwort geben. Die Vorgehensweise der Polizei hängt von verschiedenen Kriterien ab. Vom Alter, dem Gesundheitszustand, ist die Person auf Medikamente angewiesen, besteht Suizidgefahr, ist ein Abschiedsbrief vorhanden und so weiter.«

»Ich bin froh, dass mein Anruf registriert und Svetlana

gefunden wurde. Trotzdem fühle ich mich schuldig, dass ich nicht früher etwas unternommen habe. Vielleicht hätte ich damit ihr Leben gerettet.«

»Machen Sie sich keine Vorwürfe. Das hilft nichts. Wir kennen den Todeszeitpunkt und die Umstände nicht. Wir warten auf die Ergebnisse der Forensik. Im Moment ist es wichtig, dass wir von Ihnen und den Zimmergenossinnen der Toten Hinweise erhalten.«

»Sie sagen, dass sie nach Évian-les-Bains gefahren ist? Zu wem? Wann?«

»Ich rufe Olga Daskalu an. Das ist eine ihrer drei Mitbewohnerinnen. Sie könnte Auskünfte geben. Sie spricht jedoch kein Französisch, nur Englisch oder Rumänisch. Möchten Sie gerne, dass ich die Übersetzung übernehme?«

Laura hatte blitzschnell kombiniert, dass sie auf diese Art zu weiteren Informationen kam.

»Für die erste Einvernahme, gerne«, entgegnete Inspektor Bonnet.

Die Befragung fand in Lauras Büro statt. Olga saß zusammengesunken auf dem Stuhl.

»Wir registrieren das Gespräch auf Tonband und erstellen daraus ein Protokoll. Dieses lassen wir auf Rumänisch übersetzen. Sobald es fertig ist, geben wir Ihnen Bescheid, und Sie kommen auf unsere Dienststelle, lesen es durch und unterschreiben.«

Laura übersetzte, und Olga nickte.

»Wie lange kannten Sie Svetlana Popa schon?«

»Wir haben uns im Frühling auf der Hinreise in die Schweiz im Bus kennengelernt. Sie ist aus derselben Region Rumäniens. Wir haben uns sofort verstanden.«

»Wer hat Sie rekrutiert?«

»Eine rumänische Firma hatte diese Stellen im Internet ausgeschrieben. Wir haben sie beide über das gleiche Portal gefunden.«

»Hatte Svetlana Popa Familie, Freunde oder Bekannte in der Schweiz oder in Frankreich?«

»Nein, ihre Eltern leben in Rumänien«, wimmernd fuhr sie fort: »Wurden sie verständigt?«

»Bis jetzt noch nicht. Das Konsulat wird sich mit ihnen in Verbindung setzen. Bitte unternehmen Sie keine Vorstöße in diese Richtung.«

Olga schluchzte laut. Hauptinspektor Petitjean hielt einen Moment inne und nahm Laura ins Visier. Diese verstand den Wink mit dem Zaunpfahl. Sie setzte sich neben die Trauernde und ergriff deren Hand.

»Hat Ihnen Svetlana Popa den Ort des Treffens und den Namen der Person verraten?«

»Nein. Sie erklärte nur, dass sie sich mit einem Modelagenten trifft. Um keinen Preis verriet sie mir mehr. Ich glaube, sie befürchtete, dass ich mich ebenfalls melden würde. Sie hat immer behauptet, ich sei hübscher als sie.«

»Einen Fotomodelagenten?«

Olga nickte.

»Versuchen Sie, sich zu erinnern, ob Ihnen irgendetwas einfällt, was uns weiterbringt.«

»Sie schwärmte, dass sie bald reich wird, die Welt bereisen werde und keine Drecksarbeit mehr zu verrichten habe.«

»Wie hat sie mit diesem Mann kommuniziert?«

»Immer mit dem Handy.«

»Das haben wir leider nicht gefunden. Es würde uns aber weiterhelfen«, meldete sich Inspektor Bonnet zu Wort.

»In welcher Sprache haben sich Svetlana Popa und der Unbekannte unterhalten?«

»Englisch.«

»Konnten Sie nie mithören, was besprochen wurde?«

Olga schüttelte energisch den Kopf.

»Nein.«

»Falls Ihnen noch irgendetwas einfällt, melden Sie sich bei uns. Schon einmal vielen Dank.«

»Inspektor Bonnet begleitet Sie in Ihr Zimmer. Wir nehmen die persönlichen Gegenstände von Svetlana Popa mit. Zudem sprechen wir mit den anderen Zimmergefährtinnen.«

Laura wurde das Gefühl nicht los, dass Olga etwas verschwieg. Sie vermochte sich selbst nicht zu erklären, wie sie zu diesem Schluss kam. Es hörte sich wie eine innere Stimme an.

Die Befragungen der anderen Personen ergaben keine neuen Erkenntnisse. Bei den meisten Gesprächen war Laura dabei, weil die Beamten nur Französisch sprachen und die Mitarbeiter vorwiegend in Englisch kommunizierten. Für sie war es aufschlussreich zu hören, mit welcher Gesprächstaktik die Inspektoren vorgingen und wie verschieden die Befragten reagierten. Manche nickten und antworteten mit Ja und Nein. Andere berichteten bis ins Detail von Kleinigkeiten, die sie wahrgenommen hatten oder annahmen, mitbekommen zu haben. Der Page Franco Bolli hatte sie zuletzt gesehen. Er war mit dem gleichen Schiff nach Évian-les-Bains gefahren, um sein Glück im Casino zu versuchen. Sie sei vor ihm ausgestiegen. Er habe sie eingeholt und ein paar Worte mit ihr gewechselt. Sie habe geprahlt, dass sie nicht mehr lange für einen Mindestlohn arbeiten werde. In Zukunft werde sie das große Geld kassieren. Ein Mann habe auf sie gewartet. Mittelgroß, braunes Haar, schlanke Statur, Freizeitkleidung. Eine genauere Beschreibung vermochte er jedoch nicht abzugeben.

»Ich habe mich mehr auf Svetlana konzentriert als auf den Kerl.«

Er habe noch gesehen, wie sie von der Rue du Casino in die Allée du Théatre eingebogen sei. Laura hatte sich die Orte gemerkt. Sie notierte nichts, weil sie vor Hauptinspektor Petitjean nicht den Eindruck erwecken wollte, sich in die Ermittlungen einzumischen. Sie war allerdings auf dem besten Weg dazu. In Gedanken plante sie bereits ihre nächste Erkundungsreise. Sie nahm sich vor, in Évian-les-Bains alle Fotostudios abzuklappern.

KAPITEL 9 / FOTOSTUDIO

Laura fieberte dem freien Tag und der geplanten Entdeckungsreise entgegen. Sie fuhr mit dem Zug nach Lausanne und überquerte dann mit dem Schiff den Genfersee. In den Sommermonaten hätte sie den Raddampfer *La Suisse* genommen. Im Spätherbst und Winter war das Prunkstück jedoch im Winterquartier. Sie würde die Fahrt mit dem Belle-Époque-Dampfer im nächsten Sommer nachholen. Trotzdem war der Ausflug lohnenswert. Die Aussicht auf die verträumte Landschaft mit den Weinbergterrassen im goldenen Herbstlaub, den Trockensteinmauern und den herrschaftlich anmutenden Gehöften der Weinbauern packte sie. Sprachlos schaute sie einem Zug nach, der sich durch die Rebenterrassen hinauf auf die Anhöhe schlängelte. Dann sah sie wieder in die Weite der abflachenden Gegend Richtung Westen. Der Horizont der Seeoberfläche schien sich zu runden. Nach Tagen intensiver Arbeit ließ sie wieder einmal die Seele baumeln. In Évian-les-Bains bewunderte sie die Uferpromenade mit den gelb leuchtenden Alleebäumen und die dahinter liegenden Prachtbauten. Sie streifte durch die Stadt. Sie hatte sich die Namen der Straßen gemerkt, in denen Franco Bolli Svetlana zuletzt gesehen hatte. Zudem hatte sie sich eine Liste aller Fotostudios im Ort ausgedruckt. Im Internet hatte sie deren fünf gefunden. Sie suchte eines nach dem anderen auf.

»Eine Freundin von mir hat in einem Geschäft in Évian-les Bains Fotos machen lassen. Der Fotograf versprach ihr, diese an einen Modelagenten weiterzuleiten. War das bei Ihnen? Ich möchte dieses Angebot ebenfalls nutzen.«

In vier Ateliers hätten sie gerne Bilder von ihr aufgenommen, versicherten aber glaubhaft, keine Aufnahmen weiterzuvermitteln. Es wäre Sache des Kunden, diese an den Mann zu bringen. Laura blieb noch eine Adresse, die sie nicht auf Anhieb fand. Sie dachte bereits ans Aufgeben und war schon auf dem Rückweg zur Seepromenade, als sie in einer Seitenstraße neben einem Eingang in eine Gasse einen Hinweis las: »Portraits chez Carole«.

»Unscheinbarer geht's nicht!«, brummte sie verstimmt. Trotzdem folgte sie dem Pfeil und kam in einen altertümlichen Innenhof. Eine steinerne Wendeltreppe führte in die oberen Etagen. Sie stieg hinauf. Im zweiten Stock hing an einer verwitterten Holztür das Schildchen: »Carole«. Sie läutet und wartete. Sie hatte sich bereits auf dem Absatz umgedreht und war schon wieder bei der Treppe, als sich die Tür öffnete. Eine Frau im reiferen Alter, stark geschminkt und mit blondierten Haarsträhnen stand vor ihr und schaute sie fragend an.

»Bonjour«, stammelte Laura.

»Sie wünschen?«

»Ich habe zufällig Ihr Schild gesehen und wollte spontan fragen, ob Sie Porträts aufnehmen und was das kosten würde.«

Laura hatte aus einem inneren Instinkt heraus nicht dieselbe Formulierung benutzt wie in den anderen Geschäften.

»Bitte kommen Sie herein. Ich gebe Ihnen gerne Auskunft.«

Sie trat einen Schritt zurück und wies mit einer Kopfbewegung Richtung Wohnung. Durch einen schmalen Gang kamen sie in ein Zimmer, das als Fotostudio eingerichtet war. In einer Ecke stand ein kleiner Tisch mit zwei Stühlen, daneben ein Pult. Auf diesem lagen eine dicke Agenda, Notizzettel, drei Kameras und diverse Objektive.

»Mein Name ist Carole. Setzen Sie sich bitte.«

Freundlich lächelnd betrachtete sie ihr Gegenüber. Es schien, als ob sie bereits durch die Linse blicke.

»Wie gesagt, aus dem Bauch heraus habe ich entschieden, bei Ihnen vorbeizuschauen. Eine Freundin von mir hat kürzlich Porträts von sich aufnehmen lassen. Ich fand die Idee grandios und dachte, dass ich auch gerne welche von mir hätte, um sie meinem Verlobten zu schenken.«

Weitere Erläuterungen unterließ sie. Sie schaute sich fasziniert um. An den Wänden hingen viele Schwarz-Weiß-Porträtaufnahmen. Ausschließlich von Frauen mit sinnlicher Ausstrahlung und solche, die erotische Signale aussandten. Dies nicht durch spärliche Bekleidung, sondern vielmehr durch raffiniert sitzende Textilien, Accessoires, Mimik und Gestik der Person oder die Körperhaltung.

»Was sagen Sie zu den Fotos?«

»Es sind Bilder, die mich in höchstem Maße ansprechen. Ja, sie gefallen mir. Aber ich frage mich, ob es möglich ist, jede Frau so darzustellen?«

»Meinen Sie, ob ich Sie so zu porträtieren vermag?«

»Genau.«

»Jedes weibliche Wesen hat eine betörende Seite. Ich schaffe es meistens, diese zu entdecken und einzufangen.«

»Darf ich fragen, was eine Fotosession kostet?«

Carole gab ihr eine Preisliste.

»Ich schaue mir das genau an, überlege es mir und melde mich wieder bei Ihnen.«

»Sie sind eine einnehmende Frau. Vor meinem inneren Auge sehe ich bereits, wie ich Sie in Pose setzen oder platzieren würde. Sollte es für Sie eine zu große finanzielle Belastung sein, besteht die Möglichkeit, Aufnahmen an einen Modelagenten weiterzuleiten. Wenn Sie damit einverstanden wären, verringert sich der Preis.«

Laura horchte auf. War sie etwa auf eine Spur gestoßen?

»Ist es 100 Prozent sicher, dass die Agentur seriös ist und die Bilder nicht in andere Hände kommen?«

»Wie bitte?«

»Ich wüsste gerne den Namen der Firma, damit ich zu Hause mal im Internet nachschauen kann, was die so anbieten.«

Laura bemerkte, wie Carole nervös wurde.

»So bekannt sind die nicht. Die Webseite ist im Aufbau begriffen. Georges hat das Geschäft noch nicht lange.«

Laura horchte auf. Georges, den Namen merkte sie sich. Blitzschnell suchte sie nach einer Möglichkeit, mehr zu erfahren. Um Zeit zu gewinnen, täuschte sie einen Hustenanfall vor.

»Möchten Sie ein Glas Wasser?«

Sie wedelte sich mit der Preisliste ein wenig Luft zu. Da kam ihr die Idee.

»Ja gerne. Ein Tee wäre zwar geeigneter, um den Hustenreiz zu lösen.«

»Na dann. Wie Sie wünschen.«

Carole reagierte ein wenig ungehalten, verschwand jedoch in die Küche. Laura hustete weiter und schlich sich gleichzeitig an das Pult. Sie blätterte in der Agenda. Sie fand tatsächlich einen aufschlussreichen Eintrag. Eine Woche vor ihrem Tod stand Svetlanas Name im Kalender. Sie zückte ihr Handy, das immer griffbereit war, und knipste die Notiz. Laura bekam nicht mit, dass auch sie bei ihrer Aktion fotografiert wurde. Das Pfeifen des Wasserkochers und Geräusche von klapperndem Geschirr drangen an ihre Ohren. Dann hörte sie Schritte. Zeit genug, um das Handy in der Handtasche verschwinden zu lassen und vorzugeben, nach einem Taschentuch zu suchen. Carole kam mit einer Tasse. Den faden Tee schlürfte Laura schnell hinunter. So beiläufig inspizierte sie noch die Preisliste und verstieg sich zur Behauptung: »Die Preise auf der Schweizer Seite liegen um mindestens das Doppelte höher. Ich werde bestimmt auf Sie zurückkommen. Vielen Dank. Und was den Termin für die Porträts betrifft, überlege ich es mir und rufe an, um Bescheid zu geben.«

Laura beeilte sich, das Studio zu verlassen. Skeptisch schaute ihr die Frau hinterher. Kaum war ihre potenzielle Kundin draußen, griff sie zum Telefon.

Zufrieden mit dem Ergebnis des Tages gönnte sich Laura in der Altstadt ein Vermicelles. Sie fragte sich, ob sie ihre neuesten Erkenntnisse an Hauptinspektor Petitjean übermitteln müsse. Sie verschob das Vorhaben auf später. Für sie zählte nur, ob sich ihr Verdacht erhärtete. Und genau das wollte sie selbst herausfinden. Sie vermutete, dass dieser Georges für die Modelagentur arbeitete. Dann ging ihre Fantasie mit ihr durch. Eventuell heuerte er Mädchen auch für andere Zwecke an. Warum sie auf diese abenteuerliche These kam, blieb ihr selbst verschlossen. Gedankenversunken spazierte sie zum See. Sie nahm die Umgebung nicht wahr, zu sehr war sie in ihren Fantasien gefangen. So entging ihr, dass sie verfolgt wurde.

Janik hatte eine SMS mit Bild erhalten. Er war in der Zwischenzeit in Évian-les-Bains in einem Hotel im Sicherheitsdienst angestellt. Im ersten Moment ärgerte er sich über den kurzfristigen Einsatz. Als er das zugesandte Foto inspizierte, hellte sich sein Gesicht auf. Schadenfroh grinste er. Er hatte die Anordnung erhalten, die anmaßende und verhasste Pfeiffer zu beschatten. Was suchte sie wohl in seinem Revier? Insbesondere im Atelier von Carole? Mit offiziellem Auftrag heftete er sich in angemessenem Abstand an ihre Fersen. Zudem hatte er eine private Rechnung mit ihr offen. Dieses Weib hatte eine gebührende Strafe verdient. Ihm sprach keine Frau die Kündigung aus, nur, weil er gelegentlich Wein von Bonzen abgezweigt hatte. Zugegebenermaßen war er ein Genießer. Und wenn er diesen reichen Schnöseln ab und an eine Flasche abzwackte, fehlte es denen nicht am Ende des Jahres. Er war es leid, nur zuzuschauen, wie sich die feinen Herren vollstopften.

Kurz nach der Entlassung hatte er ein Angebot für einen lukrativeren Job ergattert. Trotzdem blieb seine Ehre angekratzt, und er fühlte sich von Laura hintergangen und verraten.

Er bestieg dasselbe Schiff wie sie, das zurück nach Lausanne fuhr. Um nicht entdeckt zu werden, verzog er sich ins Selbstbedienungsrestaurant. Später würde er ihr unauffällig folgen. Mit Sicherheit gab es eine abgelegene Stelle, wo es ihm gelang, sich auf seine Art zu rächen. Die ahnungslose Laura genoss auf Deck die Abendsonne, wie sie sich über den glitzernden See senkte. Gedankenversunken freute sie sich am kleinen Ermittlungserfolg und ihrem raffinierten Vorgehen.

KAPITEL 10 / HANSDAMPF

Zurück in Montreux entschied sich Laura für einen Umweg. Die Stimmung im Abendrot war einladend. Kein Wind wehte, und es war angenehm warm. So schlenderte sie entlang der reich bepflanzten Seepromenade unter ausladenden Bäumen Richtung Château Chillon. Ihr Ziel war die Statue von Freddie Mercury. Vor der stattlichen Skulptur blieb sie stehen. Der Blick auf die bronzene Tafel entlockte ihr einen Seufzer. In Gedanken hörte sie »Made in Heaven«. Der weltberühmte Sänger hatte eine Zeit seines Lebens hier verbracht und sechs seiner Alben mit *Queen* aufgenommen. Die Bronzefigur wurde 1996 in Erinnerung an ihn errichtet. Seine Fans pilgerten scharenweise an den Ort, legten Blumen nieder und nahmen Selfies auf, die sie in die ganze Welt verschickten. Genau das hatte sie ebenfalls vor.

Janik folgte ihr in sicherem Abstand. Er schaute sich immer wieder um, ob ihm womöglich seinerseits jemand folgte. Zudem suchte er nach Möglichkeiten, um Laura unbemerkt zu konfrontieren und allenfalls zu verschleppen. Hier waren jedoch zu dieser Tageszeit zu viele Menschen unterwegs. Trotzdem wagte er sich immer näher an Laura heran. Unvermittelt blieb sie stehen. Ein Mann war auf sie zugekommen und sprach sie an:

»Laura Pfeiffer?«

»Ja.«

Sie überlegte angestrengt. Ihr Gegenüber glich niemandem nur ansatzweise, den sie kannte.

»Kennst du mich nicht mehr?«

»Ich war in Gedanken an einem anderen Ort.«

»Hans Urech.«

Der Name sagte ihr im ersten Moment nichts. Er schaute sie erwartungsvoll an, dabei rümpfte er seine Nase. Diese Mimik löste in ihr eine Erinnerung aus.

»War dein Spitzname in der Schule nicht: Hansdampf? Ich habe dich nicht wiedererkannt.«

Instinktiv beabsichtigte sie zu sagen, dass er groß geworden sei, an Statur gewonnen und sich einen Bierbauch zugelegt habe. Es gelang ihr rechtzeitig, den Satz runterzuschlucken.

»Kein Wunder. Wir haben uns lange nicht mehr gesehen.«

»Eine Ewigkeit.«

»Wir waren damals sieben.«

»Die Zeit vergeht«, antwortete Laura lapidar. Ihr war nicht nach Reden zumute. Und schon gar nicht mit Hans.

»Darf ich dich zu einem Kaffee einladen? Erzähl mir, was du in den letzten Jahren so angestellt hast.«

Sie schaute sich um, als ob sie eine passende Ausrede suchen würde. Und sie fand tatsächlich eine. Sie entdeckte Janik, der ein paar Meter von ihr entfernt wartete und sie grimmig betrachtete. Widerwillig ließ sie sich auf das Angebot von Hans ein. Sie nahmen in einem nahe gelegenen Bistro Platz. Der Abend verlief sehr angenehm. Eine Tatsache, die sie sich anfangs nicht hätte vorstellen können. Er berichtete, dass er als Journalist für eine schweizerische Tageszeitung und eine Zeitschrift schrieb. Diese Woche traf er die Veranstalter des *Montreux Jazz Festivals*. Jährlich im Juli fand das von Claude Nobs 1967 gegründete Event statt. Es öffnete sich bald vielen anderen Musikstilen, und das Festival wurde zu einem der renommiertesten der Welt. Hans plante, einen ausführlichen Artikel darüber zu verfassen und die Organisatoren im Lauf eines Jahrs bei der Arbeit zu begleiten.

»Genug von mir erzählt«, unterbrach er sich selbst. »Sag, was hast du die ganze Zeit getrieben, und weshalb begegne ich dir in Montreux?«

Erstaunt hörte er zu und freute sich mit ihr über ihren Werdegang. Sie erzählte ihm, dass sie vorhatte, César Ritz nachzueifern und in den *Grand Hôtels* auf der ganzen Welt Erfahrungen zu sammeln, um eines Tages einen eigenen Betrieb zu führen. Sie sprach über dessen Ideenreichtum und Entscheidungsfreudigkeit. Dafür nannte sie ihm ein Beispiel. Eine Zeit verbrachte Ritz im *Hotel Rigi-Kulm*, das von Leuten aus aller Welt besucht wurde. Im September sank die Temperatur auf minus acht Grad, zudem fiel die Heizung aus. Eine Gruppe Amerikaner hielt sich im Hotel auf. Er musste handeln. Ritz ließ den Speisesaal in einen kleineren Saal verlegen. Die Zierpflanzen entnahmen sie den mächtigen Kupferkesseln und funktionierten diese zu Heizkörpern um. Heiße Backsteine wärmten die Füße der Gäste.

»Solche Episoden begeistern mich und spornen mich an, erfinderisch an meine täglichen Herausforderungen zu gehen.«

Dann schweiften sie zu den Schulzeiten ab. Sie lachten

bei den Erinnerungen an die gemeinsamen Erlebnisse in der 1. Klasse. In der ersten Woche hatte er bereits seinen Spitznamen »Hansdampf« erhalten und diesem alle Ehre erwiesen. Am Ende des Schuljahres zog seine Familie in eine andere Stadt, und sie hatten sich aus den Augen verloren. Trotzdem war er ihr wegen seiner Streiche in Erinnerung geblieben. Einmal hatte er eine riesige Plastikspinne auf den Stuhl von Fräulein Bösiger gelegt. Laura hörte das Kreischen der armen Lehrerin heute noch, wenn sie daran zurückdachte. Gegen Mitternacht begleitete Hans sie bis zum Hotel. Sie war erleichtert, weil sie fürchtete, dass Janik herumlungerte und auf sie wartete. Sie hatte Alkohol im Blut und schwankte ein wenig. Ein Grund, um sich bei ihrem Begleiter unterzuhaken. Er ließ es gerne zu. Beim Abschied gab er ihr einen Wangenkuss und seine Visitenkarte: »Sehen wir uns wieder?«

Sie nickte und verschwand im Haus.

Laura lag quer im Bett. Der vergangene Tag beschäftigte sie. In Évian-les-Bains war sie auf eine Spur gestoßen. Sie würde diese weiterverfolgen, das war sie Svetlana schuldig. Ihrer Meinung nach setzte sich die Polizei nur halbherzig für den Fall ein. Hauptinspektor Petitjean hatte angedeutet, dass die grenzüberschreitende Polizeiarbeit kompliziert war. Er faselte von mangelnder Abgrenzung der Zuständigkeiten zwischen der Gendarmerie und der Police Nationale. Das habe wiederholt absurde Folgen für die Zusammenarbeit. Was das bedeutete, vermochte sie sich nicht genau vorzustellen. Sie würde sich bei Gelegenheit erkundigen. Auch mühte sie sich mit der Frage herum, ob sie den Vorfall mit Janik erwähnen sollte. Aber das hatte ja prinzipiell nichts mit dem Todesfall zu tun. Sie vermutete, dass er ihr heute in Montreux gefolgt war. Rache für die Kündigung hatte er ihr angedroht. Wie würde diese aussehen? Sie wagte es sich nicht auszudenken. Zum Glück war Hans aufgetaucht. Mit ihm hatte sie einen unterhaltsamen Abend verbracht und so viel gelacht wie schon lange nicht mehr. Sie hatte für eine Weile alles um sich herum vergessen. Sie nahm die Visitenkarte in die Hand und betrachtete sie nachdenklich. Sie erinnerte sich an das Kribbeln im Bauch, das auf dem Heimweg eingesetzt hatte. Allein die Berührung seines Arms hatte sich gut angefühlt. Sie vermisste Zweisamkeit, angeregten Austausch über Gott, die Welt und persönliche Probleme, Kuscheln und Zärtlichkeiten. Aber mit Hans? Sie beschloss trotz ihrer Müdigkeit, eine Mail an Pedro zu senden. Merkwürdigerweise telefonierten sie nie, sondern sie schrieben sich regelmäßig. Sie nahm sich vor, das zukünftig zu ändern. Nur mitten in der Nacht war das nicht möglich. Noch bevor sie die erste Zeile verfasst hatte, kam sie von ihrem Vorhaben ab. Sie verschob es auf den folgenden Tag.

KAPITEL 11 / ABEL ROI

Nach einem arbeitsintensiven Tag fand am Abend das erste Treffen mit dem Hotelbesitzer statt. Laura fieberte ihm entgegen. Einerseits aus Neugierde, andererseits, weil sie den Wunsch hegte, ihre Idee vom Kulturpersonalhaus vorzustellen. Sie hatte sich alles bis ins Detail überlegt und eine Präsentation erstellt. Zu dieser konnte er einfach nur »ja« sagen. Erstaunt blieb sie unter dem Türrahmen des Sitzungszimmers stehen. Sie öffnete den Mund. Beinah vergaß sie, ihn wieder zu schließen. Kein Wort kam über ihre Lippen. Sie hatte im Vorfeld des ersten Treffens im Internet nach Bildern von Abel Roi gesucht, aber nichts gefunden. Er schien fotoscheu zu sein und sich von Kameras fernzuhalten, gar vor ihnen zu verstecken. Deshalb bildete sich in ihrem Kopf eine eigene Vorstellung des Hotelbesitzers. Sie stellte sich einen grauhaarigen Herrn im Nadelstreifenanzug vor, der, seine Arme über den Bierbauch gelegt, in einem Sessel saß und dessen Hände zitterten. Was sie aber zu Gesicht bekam, entsprach gar nicht ihren Vorstellungen. Der Mann, der sie aus dem Salon mit stechendem, lebendigem Blick ins Visier nahm, raubte ihr den Atem. Sie glaubte sich im falschen Film. Vor ihr stand ein Abbild von George Clooney. Sie schloss die Augen. Gleich würde er sie fragen, ob sie mit ihm eine Tasse *Nespresso* trinken wolle.

»Frau Pfeiffer?«

Laura schaute ihn an. Sie nickte.

»Können Sie sprechen?«, fragte das Gegenüber sarkastisch.

Der Ton in seiner Stimme brachte sie auf den Boden der Realität zurück.

»Guten Abend, Monsieur Roi. Entschuldigen Sie, ich wurde geblendet.«

Sie lächelte ihn strahlend an, im Bewusstsein, dass dieser Trumpf immer zog. Tatsächlich erhielt sie eine Reaktion, aber nicht die erwartete.

»Wollen Sie mich für blöd verkaufen? Die Sonne scheint nicht, es regnet.«

Auf diese Entgegnung war sie nicht gefasst. Sie kapierte, dass sie mit ihm offen und geradeaus zu kommunizieren hatte. Postwendend schaltete sie um.

»Ihre Erscheinung hat mich geblendet.«

Ihr Gesicht zeigte nebst der Freude an der Begegnung auch Schalk. Die Aussage war nicht gelogen und brachte ihn für einen Augenblick zum Verstummen.

»Lassen wir das«, winkte er ab. »Setzten Sie sich bitte. Wir sprechen über Ihren bisherigen Arbeitseinsatz und die Arbeit mit den Antragstellern für Kulturförderungen.«

»Gerne«, antwortete sie.

»Frau Schwarzenbach hat mir eine Zusammenfassung der letzten Wochen vorgelegt. Ich stelle fest, dass Sie nebst der effizienten Einarbeitung, die anscheinend passabel verlaufen ist, schon einige Turbulenzen miterleben konnten. Ich untersage Ihnen, im Fall der verschwundenen Rumänin etwas zu unternehmen. Das gehört nicht zu Ihren Aufgaben. Haben Sie das verstanden?«

Laura hörte ihm beiläufig zu. In Gedanken hatte sie einen Vergleich zwischen ihm und dem Filmhelden angestellt, den er aus ihrer Sicht verkörperte. Was genau übte die Faszination dieses Mannes aus? War es die kurze Grauhaarfrisur mit dem Seitenscheitel? Oder der grau melierte Bart? Seine Augen, die edel und leicht eingesunken von Falten umgeben waren? Sie wurde aus ihren Überlegungen gerissen.

»Frau Pfeiffer, ich habe Sie etwas gefragt.«

Sie hatte verschiedene Möglichkeiten. Entweder sagte sie »ja« oder »nein«, oder sie fragte ihn, ob er den Satz wiederholen könne. Sie entschied sich für:

»Ja.«

»Gut. Dann befassen wir uns nun mit dem Förderantrag des *Schriftstellerverbandes*. Sie haben die Herren empfangen und einen Antrag entgegengenommen. Stimmt das?«

»So ist es. Und ich bin Feuer und Flamme für das Projekt.«

»*Mich* hat das Vorhaben in erster Linie zu begeistern.«

Laura atmete tief ein. Sie nahm sich vor, sich durch seine Art nicht einschüchtern zu lassen.

»Monsieur Roi, ich werde Sie davon überzeugen. Es wird nicht nur ein Gewinn für die Autorinnen und Autoren, sondern auch für Sie. Ich habe eine Idee entwickelt. Dafür zeige ich Ihnen eine Präsentation.«

»Ich höre und sehe.«

Sie legte ihm die Arbeitsmappe vor.

»In Papierform?«, kam es trocken von seiner Seite.

Diese Aussage brachte sie einen Moment aus dem Gleichgewicht.

»Für das erste Zusammentreffen fand ich es passender«, antwortete sie.

»Ich wünsche keine Erläuterungen. Ich schaue mir das Konzept an und gebe Ihnen gleich meine Erstmeinung bekannt.«

Sie saß still da und betrachtete ihn aufmerksam, derweil er die Unterlagen studierte und ab und an ein leichtes Brummeln von sich gab. Es gelang ihr nicht zu erkennen, was er davon hielt. Sein Gesicht zeigte keine Regung. So konzentrierte sie sich auf seine Erscheinung. Der graue Anzug erinnerte sie an sein Ebenbild, das ihr beim Reinkommen als Fata Morgana erschienen war. Was machte bloß das Charisma dieses Mannes aus? Es kam nicht ausschließlich von seinem Körperbau, der Frisur, von seinen lebendigen Augen und den strahlend weißen Zähnen. Sie würde dem Rätsel auf die Spur kommen.

»Das geht gar nicht!«, begehrte er auf.

»Was genau?«

»Die Besitzerin der Liegenschaft ist die alte Marie Chevalley.«

»Ja, so ist es. Und sie möchte das Haus gerne dem Verband zum Preis von 100.000 Schweizer Franken verkaufen. Das ist ein Spottpreis, ein Geschenk im wahrsten Sinn des Wortes. Nur hat der Verein nicht die finanziellen Möglichkeiten, um das Haus zu kaufen, zu unterhalten und vor allem zu renovieren. Deshalb bin ich auf die Idee gekommen, dass Sie …«

»Vergessen Sie das. Diese Person wird nie in diesen Handel einstimmen, sobald sie erfährt, dass ich mich an dem Projekt beteilige. Sie hasst mich bis aufs Blut.«

»Darf ich fragen weshalb?«

»Das ist eine alte Geschichte. Die werde ich Ihnen nicht auf die Nase binden. Jedenfalls nicht heute.«

Laura gab nicht nach.

»Sind Sie aber meiner Meinung, dass es eine geniale Lösung wäre, wenn wir das Personal dort unterbringen könnten und das Erdgeschoss für kulturelle Zwecke zur Verfügung stünde.«

Er überlegte einen Augenblick, so als ob er ihr nicht gleich recht geben wolle. Er druckste rum.

»Die Idee könnte von mir sein«, gab er dann zu.

»Wenn Sie nicht in das Projekt miteingebunden sein möchten, könnten Sie doch als anonymer Sponsor auftreten und sich durch einen Wirtschaftsanwalt vertreten lassen oder pro forma eine Vertrauensperson vorschieben. Und sobald die Sache geritzt ist, werden Sie ordentlicher Mitbeteiligter, Mieter und Gönner.«

Er schaute sie das erste Mal mit echtem Interesse an und fixierte sie nachdenklich. Es war, als sähe er den Menschen und nicht die Mitarbeitende.

»Ich überlege mir, dem Verband den Betrag zu spenden und durch meinen Treuhänder einen Vertrag ausarbeiten zu lassen, dass ich das Haus nach einer bestimmten Zeit in meinen Besitz nehmen kann. Bis dahin werde ich zu günstigen Konditionen die Wohnungen mieten und für Personalunterkünfte nutzen. Frau Pfeiffer, Sie sind schlau und gefallen mir auf Ihre Art.«

Das Kompliment ließ Laura innerlich jubilieren, andererseits spielte sie gerne mit offenen Karten. Im Nachhinein gefiel es ihr nicht, dass er ihren Gedanken auf eine andere Art zu Ende gesponnen hatte. An einen Kauf der Immobilie hatte sie nicht gedacht. Mit dieser Variante musste sich die heutige Besitzerin betrogen vorkommen.

»Soll ich mit Frau Chevalley Kontakt aufnehmen und mich mit ihr über das Haus unterhalten?«

»Nein. Auf keinen Fall. Ich spreche zuerst mit meinem Anwalt und schaue, wen wir als Strohmann vorschieben könnten. Sie geben den Antragstellern Bescheid, dass ein Interesse besteht, das Projekt zu unterstützen oder gar zu leiten, wir jedoch die rechtlichen Grundlagen abklären lassen. Der *Schriftstellverband* soll auf keinen Fall weitere Anfragen an andere Gönner stellen. Ist das soweit geklärt?«

»Oui, Monsieur Roi.«

Laura war überrascht und erschlagen von all den Eindrücken dieser Begegnung. Die Faszination dieses Mannes löste in ihr Gefühle aus. Irgendetwas in ihrem Inneren gehorchte ihr nicht. Sie musste dringend mit sich ins Reine kommen, indem sie ihre Gedanken analysierte.

»Der Abend war aufschlussreich. Wenn Sie erlauben, würde ich mich nun gerne zurückziehen.«

Er nickte wohlwollend. Sie standen gleichzeitig auf und suchten Blickkontakt. Es war ein gegenseitiges Abschätzen. Die Frage lautete für beide: Kann ich dieser Person trauen? Aus der Situation heraus lächelte Laura, und auch auf seinem Gesicht erschien ein Strahlen. Das Erste an diesem Abend.

Erschöpft und gleichzeitig bewegt verzog sie sich in ihr Zimmer. Sie setzte sich an den Computer und schrieb Pedro die Mail, die sie schon am Vorabend geplant hatte. Sie berichtete von Svetlanas Tod, ihrem Ausflug nach Évian-les-Bains ins Fotostudio und dem Zusatzjob. Janik erwähnte sie nicht, und das Treffen mit Hans ließ sie ebenfalls aus. Vor dem Absenden las sie den Text nochmals durch. Er würde den Kopf schütteln. Es war erstaunlich, wie viel sie in so kurzer Zeit schon erlebt hatte. Sie kannte seine Antwort im Voraus. Er würde ihr dringend raten, nicht auf eigene Faust weiter nach den Ursachen von Svetlanas Tod zu forschen und dies der Polizei zu überlassen. Zudem müsse sie alle Informationen weiterleiten. Die Spur bei der Fotografin sei wichtig für die Ermittlungen. Ja, sie war sich dessen bewusst. Und sie hatte vor, eine Meldung an Hauptinspektor Petitjean zu verfassen. Nur nicht heute. Jetzt war sie müde und wollte nur eines: schlafen.

KAPITEL 12 / BRIAN JONES

Brian Jones saß im Penthouse Appartement von Abel Roi und starrte auf Mobiltelefon. Seine Geschäfte liefen momentan nicht nach Wunsch. Die Ausgaben überstiegen die Einnahmen. Wie auf ein Stichwort kam sein Freund und ehemaliger Studienkollege von einer Sitzung mit der neuen Assistentin zurück.

»Hol doch mal eine Flasche *Heida Mousseux* aus dem Kühlschrank. Ich muss dir unbedingt von meinen neuesten Plänen erzählen. Und da brauche ich deine Mithilfe.«

»Zusammen anstoßen tönt verlockend, ebenso wie neue Vorhaben aushecken.«

Obwohl er es hasste, wenn Abel ihn herumkommandierte, tat er wie befohlen. Er entkorkte eine kühle Flasche des besten Schaumweins, der vorrätig war. Schon bald saßen sie im Salon, mit einer Flûte in der Hand. Die Kristallgläser klirrten, und die beiden Herren prosteten sich zu.

»Und, wobei kann ich helfen?«

»Die neue Assistentin des Hotelmanagements hatte eine bestechende Idee, die es in sich hat. Und zwar gehört es zu ihren Aufgaben, die Antragsteller für kulturelle Fördergelder zu empfangen und die Gesuche zu prüfen, bevor sie mir vorgelegt werden. Nun hat sich der *Schriftstellerverband* gemeldet. Eine alte Dame beabsichtigt, ihnen zu günstigen Konditionen eine ganze Immobilie im Zentrum der Stadt zu verkaufen. Aber natürlich haben sie kein Geld. Sie suchen einen Mäzen und Investor.«

»Und was hat das mit mir zu tun?«

»Das erkläre ich dir gleich. Diese Laura Pfeiffer, meine neue Mitarbeiterin, hat mir einen Vorschlag unterbreitet. Ich soll dem Verband den Betrag zur Verfügung stellen, damit sie das Haus erhalten. Das Erdgeschoss nutzen sie für kulturelle Zwecke und die oberen Etagen bauen wir zu Personalunterkünften um. Und alles natürlich zu Sonderkonditionen. Damit lösen sich gleich zwei Probleme. Montreux erhält ein Literaturhaus und ich die langgesuchten Zimmer für die Mitarbeiter.«

»Ist doch perfekt. Und für was brauchst du mich?«

»Das Konzept wäre ideal, wenn die alte Dame und ich nicht miteinander auf Kriegsfuß stünden. Sie heißt übrigens Marie Chevalley. Die würde das Haus auf keinen Fall verkaufen, wenn sie wüsste, dass ich am Projekt beteiligt bin.«

»Und warum nicht?«

»Das ist eine alte Geschichte. Wir haben uns vor ein paar Jahren einmal beide um die gleiche Liegenschaft beworben. Sie hat dabei den Kürzeren gezogen. Damals handelte es sich um das *Hôtel le Président*. Sie hatte vor, es in eine Seniorenresidenz umzubauen. Obwohl sie von ihrem Vater das Haus in der Stadt geerbt hatte, zog sie die Lage, hier am See vor. Das geplante Projekt hat sie aufgegeben.

Man munkelt, dass sie einen reichen Mann kennengelernt hat und mit ihm nach Genf gezogen sei.«

»Und nun will sie das Haus verschenken?«

»Nicht direkt. Aber zu günstigen Konditionen dem *Schriftstellerverband* verkaufen. Stell dir vor, sie verlangt 100.000 Franken dafür. Das Gebäude ist aber weit über zwei Millionen wert.«

Brian horchte auf. »Und was ist meine Aufgabe in dieser Angelegenheit?«

»Du könntest an meiner Stelle als möglicher Sponsor auftreten.«

»Der Deal verspricht etwas abzuwerfen. Ich habe im Moment einfach die finanziellen Mittel nicht.«

»Du bist nur der Strohmann und trittst als Gönner auf. In ein paar Jahren kaufe ich dem Verband das Haus ab und zwar zu einem Preis, zu dem sie nicht ›nein‹ sagen können. So einfach ist das.«

»Darüber spreche ich gerne mit dir im Detail. Für mich müsste dabei jedoch auch etwas rausspringen.«

»Ich werde meinen Anwalt morgen herbitten und ihm die Sachlage erklären. Dann soll er einen Vertrag und ein Angebot erstellen. Du nimmst mit Frau Chevalley Kontakt auf und gibst dich als Sponsor des Verbands aus, der die Gelder spricht. Ein weiteres Abkommen gibt es zwischen dem Verband und mir für den Rückkauf, der spätestens in fünf Jahr stattfindet. In der nächsten Etappe lassen wir von meinem Lieblingsarchitekten ein Projekt erarbeiten und nehmen mit den Schriftstellern Kontakt auf.«

»Und was springt dabei für mich raus?«

»Das rechnen wir aus. Du kommst bestimmt nicht zu

kurz. Lass uns morgen erst einmal mit einem Juristen die rechtlichen Punkte klären.«

»Wenn du mich als Strohmann einsetzt, brauche ich einen Vorschuss. Unter 10.000 geht gar nichts.«

»Brian, so kenne ich dich gar nicht. Wir sind doch Freunde, und jetzt willst du hier groß absahnen, bevor überhaupt die Grundlagen klar sind. Lass uns darüber schlafen.«

»Ich überlege mir, ob ich mitmache. Ich nehme nicht an, dass jemand anderer einspringen könnte.«

»Die Assistentin ist Feuer und Flamme. Sie wäre sicher nicht abgeneigt.«

Brian Jones horchte auf. Damit hatte er nicht gerechnet. Jetzt galt es, vorsichtig zu handeln. Die materiellen Annehmlichkeiten der Verbindung mit Abel Roi drohten zu versiegen.

»Diese Frau hat niemals das gleiche professionelle Auftreten wie ich. Zudem weiß jeder, dass sie bei dir arbeitet. Rückschlüsse liegen auf der Hand. Hingegen sind unsere Verknüpfungen nicht öffentlich erkennbar. Für ein effizientes Vertuschungsmanöver müsste ich den Part des Sponsors übernehmen. Und wie das finanziell geregelt wird, besprechen wir mit dem Rechtsvertreter. Der wird eine gängige Entschädigungsklausel formulieren.«

Abel Roi lächelte süffisant. Er kannte seinen Freund und seine Eigenarten seit Jahren. Zudem hatte er aus verlässlichen Quellen erfahren, dass dessen Firma in den USA mit Problemen mangelnder Liquidität zu kämpfen hatte.

»Santé!« Er erhob sein Glas. »Auf ein erfolgreiches Geschäft!«

Brian überlegte überschlagsmäßig, wie viel er bei dieser Transaktion abschöpfen konnte. In seinem Hirn entstand ein erster Plan. Dieser hatte einen raffinierten Multiplikationseffekt. Damit war es ihm möglich, die leidigen Finanzlöcher in seiner Firma zu stopfen.

KAPITEL 13 / OLGA

Um 6 Uhr früh klopfte jemand heftig an Lauras Zimmertür. Mira, eine der rumänischen Frauen vom Housekeeping, stand aufgewühlt im Gang.

»Olga ist fort. Ich habe dich gestern schon gesucht, aber nicht gefunden.«

Laura hielt einen Augenblick inne. Sie strengte ihre Gehirnzellen an.

»Wie, was und wo?«

»Sie hat ein paar Sachen gepackt und sich aus dem Staub gemacht. Dieser Brief ist für dich. Er lag auf ihrem Bett.«

Laura zog es beinah den Boden unter den Füßen weg. Sie zerrte den Umschlag an sich und riss ihn auf:

Ich muss rausfinden, was mit Svetlana geschehen ist. Das bin ich ihr und ihrer Familie schuldig. Gib mir zwei Tage Zeit, wenn ich mich nicht melde, gibst du der Polizei Bescheid. Gruß Olga

»Das darf nicht wahr sein. Nicht schon wieder!«, entwich es Laura. Und gleich darauf: »Also, was weißt du? Und keine Halbwahrheiten!«

»Seit dem Tod von Svetlana war sie sehr wortkarg. Sie blockte alle Gespräche ab.«

»Ich ziehe mich an und komme zu euch ins Zimmer. Keine Info, an niemanden!«

Der Schrank schien hastig durchwühlt. Es sah danach aus, als ob ein Teil der persönlichen Gegenstände fehlten. Laura schwirrte der Kopf. Sie überlegte, ob sie gleich die Polizei verständigen oder zuwarten sollte? Sie beschloss, mit Arlette Schwarzenbach Rücksprache zu halten.

»Schon wieder eine Mitarbeiterin weg. Ich finde das erschreckend. Zudem bringt es Unruhe in das Housekeeping Team. Deren Arbeitsbelastung steigt enorm und ist bald nicht mehr abzudecken mit der Anzahl Personen, die uns zur Verfügung stehen«, stöhnte die Chefin.

»Wir benachrichtigen sofort die Polizei. Oder?«

»Das ist Chefsache, ich erledige das.«

Die Hotelmanagerin griff zum Telefonhörer. Hauptinspektor Petitjean hörte ihr ohne zu unterbrechen zu.

»Mailen Sie uns die Personalien von Olga Daskalu und ein Bild. Und natürlich auch die Notiz, die sie hinterlassen hat«, war die nüchterne Rückmeldung.

»Ich gehe davon aus, dass er etwas unternimmt und nicht einfach wartet, bis jemand sie aus dem See zieht«, ließ sich Laura vernehmen.

Sie kopierte die Nachricht der Rumänin und nahm sie an sich. Was hatte das zu bedeuten? In ihr verstärkte sich die Befürchtung, dass Olga brisante Informationen besaß, die sie nicht preisgegeben hatte. Und nun versuchte sie, auf eigene Faust die Hintergründe des tragischen Todes von Svetlana aufzudecken.

Laura arbeitete den ganzen Tag bis weit in die Nacht an der Organisation einer Hochzeitsfeier, die in drei Monaten im *Hôtel le Président* stattfinden sollte. Die Gäste aus

Dubai hatten vorab ihren Hochzeitsplaner geschickt, um die Details mit ihr zu besprechen. Die Zeit war knapp und die Planung kompliziert. Kaum waren Abläufe geregelt, wurden sie von der Mutter des Bräutigams wieder auf den Kopf gestellt. Sie meldete sich per Skype bei ihrem Organisator und wünschte dauernd Änderungen oder brachte neue Wünsche an. Todmüde sank Laura kurz vor Mitternacht ins Bett. Zum Glück reiste der Planer im Lauf des Morgens ab. Sie freute sich auf eine Verschnaufpause. Den Vormittag hatte sie sich freigenommen. Sie plante einen Einkaufsbummel durch die belebte Innenstadt von Montreux. Doch dieser gemütliche Teil des Tages fiel ins Wasser. Sie war eben im Begriff aufzubrechen, als Mira auf sie zu gerannt kam.

»Olga ist zurück! Sie stürmte geradewegs in ihr Zimmer. Sie wollte mit niemandem reden und verschloss die Tür hinter sich. Auf Klopfen und Rufen reagiert sie nicht. Bitte komm mit. Dir hört sie vielleicht zu.«

Laura blieb keine Zeit. Die Rumänin zog sie den Gang entlang und schwatzte pausenlos auf sie ein. Sie verstand nicht ein Wort. Denn vor lauter Aufregung sprach diese in ihrer Muttersprache.

»Olga, ich bin es, Laura. Bitte mach die Tür auf. Wir müssen sprechen.«

Keine Antwort.

»Wir haben bei der Polizei eine Vermisstenmeldung aufgegeben. Sie suchen dich. Wir hatten Angst.«

Keine Reaktion.

»Olga, du kannst nicht einfach verschwinden und ohne Erklärung wieder reinspazieren.«

Immer noch kein Lebenszeichen.

Laura überlegte, wie sie vermochte, Olga aus der Lethargie zu reißen. Ihr kam eine provokative Idee.

»Ich war im Fotostudio in Évian-les-Bains. Nach einer Unterhaltung mit Carole habe ich einen Verdacht.«

Mit gespitzten Ohren lauschte sie an der Tür. Und tatsächlich, da regte sich was. Schlurfende Schritte näherten sich, ein Schniefen und dann eine weinerliche Stimme: »Du weißt davon? Und du willst mir helfen?«, tönte es verzweifelt.

»Klar. So weit es mir möglich ist. Mach erst einmal auf. Wir unterhalten uns in aller Ruhe und entwickeln einen Plan. Die halbe Belegschaft steht inzwischen hier im Korridor und macht sich Sorgen.«

Der Schlüssel drehte sich. Olgas Augen waren verschwollen und grau umrandet. Das ganze Erscheinungsbild zeigte ihren Seelenschmerz. Laura erkannte auf den ersten Blick, dass etwas Ernstes vorlag. Sie fielen sich in die Arme und blieben eine Weile so stehen.

»Komm in mein Zimmer. Dort sind wir ungestört.«

Laura zog die Mitarbeiterin an den Gaffern vorbei und herrschte diese an:

»Verzieht euch! Ich kümmere mich um sie.«

Kaum war die Tür ihres Zimmers hinter ihnen geschlossen, fragte Olga: »Du warst echt im Fotostudio?«

»Ja. Ich vermute, dass ein Zusammenhang besteht zwischen den Aufnahmen und diesem Georges.«

»Georges? Du kennst ihn?«

»Ja.«

Noch hätte sie sagen können, dass sie den ominösen Mann gar nicht kenne und Carole etwas herausgerutscht sei. Die kleine Notlüge erschien ihr jedoch im Moment strategisch gerechtfertigt. Die Erwähnung des Namens öffnete den Zugang zu Olga. Laura hoffte, dass sie bald mehr erfahren würde.

»Und weißt du, wo sich dieser Georges befindet und welche Rolle er spielt?«

»Nicht wirklich. Berichte mir. Wo warst du, wen hast du gesprochen? Und wie bist du zurückgekehrt?«

»Es ist kompliziert, trotzdem werde ich dir alles sagen. Es gibt aber eine Bedingung. Du darfst unter keinen Umständen die Polizei informieren. Und ich bleibe auch nicht lange hier. Sobald ich Geld für einen Flug nach Hause habe, bin ich weg. Ich habe große Angst, dass mir das Gleiche passiert wie Svetlana. Sie haben mich gesehen und wollen mich zum Schweigen bringen.«

»Ich helfe dir. Und ich habe auch eine Bedingung. Du erzählst mir die ganze Geschichte von Anfang an und legst alle Karten auf den Tisch. Jetzt!«

Olga seufzte tief und nickte.

»Svetlana hatte sich ein paar Wochen nach der Ankunft in Montreux verändert. Sie war auf einmal aufgedreht, ein wenig überheblich, aber verschlossen. Ich habe begonnen, sie mit Fragen zu bombardieren. Sie gestand mir, dass sie im Fotostudio von Carole war. Man versprach ihr, dass die Porträts von ihr mit warmer Empfehlung an eine Modelagentur weitergeleitet würden. Ihr Traum war, berühmt zu werden und auf einem Laufsteg in Paris zu defilieren. Eine Woche nachdem die Fotos aufgenommen wurden, bekam sie einen Termin mit Georges in Évian-les-Bains. Sie hatte mich noch gefragt, ob ich sie begleite und auf sie warte. Das habe ich leider unterlassen, habe sie aber gebeten, mir Bescheid zu geben. Ich nehme an, dass sie nach der Vertragsunterzeichnung zur Toilette gegangen ist, um mir zu berichten. Sie habe das Papier, verstehe zwar nicht, was darinstehe, weil es Französisch geschrieben war. Im Moment befinde sie sich im *Hôtel Etoile.* Morgen würde sie zu einem Einführungskurs nach Paris und später zur Modeschau fahren. Sie war aufgekratzt. Es gab für sie nichts anderes mehr. Sie sagte, dass sie mich nachholen würde, sobald sie berühmt sei. Ich könne sie später überallhin begleiten. Ich hörte noch die Spülung der Toilette. Dann wurden wir unterbrochen.«

»Und?«

»Nichts. Ich habe nie mehr etwas von ihr gehört. Ich fürchte, dass ihr die Leute das Telefon abgenommen haben. Die Vermittlung zur Ausbildung zum Mannequin muss ein leeres Versprechen gewesen sein.«

»Wie kommst du darauf?«

»Ich bin an diese Adresse zurückgekehrt. Von außen sieht es aus wie ein gewöhnliches Hotel. Schon im Eingangsbereich habe ich gesehen, wo ich gelandet bin. Die Wände sind rot gestrichen, gleich neben dem Empfang ist eine Bar, in der spärlich bekleidete Frauen Champagner servieren. Die Zimmerpreise sind pro Stunde angegeben. Ich habe die Empfangsdame gefragt, ob sie Svetlana Popa kannte. Sie hat mich ruppig am Arm gepackt und auf die Gasse gezogen. Sie herrschte mich an, zu verschwinden und mich nie wieder sehen zu lassen.«

»Aber du hast nicht auf sie gehört?«

»Nein, natürlich nicht. Ich bin in der Nähe des Eingangs stehen geblieben und habe beobachtet, wer raus- und reinmarschiert ist. Es waren nur Männer. Manche schauten sich um, bevor sie reingingen, andere betraten eilends das

Etablissement. Es dauerte nicht lange, da kam ein muskulöser, kahlköpfiger Kerl raus. Er war wütend. Er zog mich unsanft ins Hotel. In einem Raum hinter dem Empfang brüllte er mich an und erkundigte sich, was ich hier suche. Ich fragte, ob Svetlana hier war, und ob er etwas über den Todesfall wisse.

›Verschwinde!‹, schrie er.

Ich schüttelte nur den Kopf. Er stieß einen durchdringenden Pfiff aus. Ein Koloss von Mann stürmte herein und versuchte, mich zu packen. Es gelang mir, durch eine zweite Tür in einen Korridor zu entwischen. Von dort rannte ich zum Empfang. Weil in dem Moment Besucher reinkamen, war ich vor Handgreiflichkeiten geschützt. Durch den Haupteingang eilte ich auf die Gasse. Sie folgten mir mit Abstand. In einem Restaurant neben dem *Hôtel Étoile* setzte ich mich auf die Gartenterrasse und bestellte einen Kaffee. In der Öffentlichkeit riskierten sie nichts. Ich suchte nach Fluchtmöglichkeiten. Sie standen abseits und beobachteten den Schauplatz.«

Beim Erzählen fing sie an zu schlottern, und ein Weinkrampf schüttelte sie durch. Laura nahm sie wieder in die Arme. Aber die Situation wuchs ihr im Moment über den Kopf. Sie war ratlos.

»Ich bereite uns einen Tee. Das beruhigt.«

Sie beschäftigte sich mit dem Wasserkocher und den Teebeuteln. Sie brauchte die Zeit für eine Verschnaufpause. Das Gehörte machte ihr zu schaffen. Warum hatte die Frau nicht schon vorher ausgepackt? Alles kam so portionsweise. Sie hätte am liebsten Hauptinspektor Petitjean beigezogen. Olga hatte ihre Gedanken erraten. Sie insistierte: »Keine Polizei, um keinen Preis.«

»Zuerst den Tee, dann schilderst du mir konkret und detailliert, was du weiter erlebt hast. Anschließend beraten wir gemeinsam über das weitere Vorgehen.«

Olga nickte zustimmend. Nach einer warmen Tasse Pfefferminztee hatte sie sich so weit aufgefangen, um mit ihrer Geschichte fortzufahren.

»Ich saß da und war verzweifelt. Auf einmal brachte mir die Kellnerin einen weiteren Kaffee, obwohl ich keinen bestellt hatte. Unter der Tasse lag ein Zettel:

Ich helfe dir. Geh Richtung Toilette. Vor dem Eingang des Damen-WCs rechts hat es einen Raum für Putzmaterial. Der Schlüssel steckt innen. Geh rein und schließ dich ein. Bleib darin, bis ich mich melde. Vertraue mir.

Ich sah keine Alternativen. Also wagte ich es. Meine Jacke ließ ich am Stuhl hängen, um den Eindruck zu erwecken, dass ich zurückkomme. Tatsächlich fand ich die erwähnte Tür, betrat den Putzraum und schloss mich ein. Ein paar Minuten später ertönten wütende Stimmen im Flur. Ich verstand nicht, was sie sagten. Einmal versuchte jemand, die Tür zum Raum zu öffnen. Da vernahm ich eine Frauenstimme, die sie anschrie, und dann war Ruhe. Erst nach Betriebsschluss des Restaurants, gegen 23 Uhr, kam die Wirtin. Sie führte mich in ein Zimmer im Obergeschoss. Sie verlangte, dass ich kein Licht anmache, nicht ans Fenster gehe und mich ausruhe. Sie bringe mir etwas zu essen. Wenn es sicher sei abzuhauen, gebe sie mir Bescheid. Ich habe die Nacht dort verbracht. Geschlafen habe ich nicht viel. Ich habe dieser Frau vertraut, und obwohl ich sie nicht kannte, merkte ich, dass bei ihr in Sicherheit war.«

Olga schluchzte wieder. Laura nahm sie in die Arme.

»Und wie bist du zurück nach Montreux gekommen?«

»Um 4 Uhr morgens hat sie mich geweckt und gesagt, es sei Zeit zu verschwinden. Der Bäcker, ein Freund von ihr, stand mit seinem Transporter an der Hintertür des Restaurants. Er hat mich in seinen Lieferwagen gepackt, unter einer Decke im Laderaum versteckt, seine Tour beendet und mich außerhalb von Évian-les-Bains bei der Bushaltestelle abgeladen. Von dort bin ich bis nach Saint-Gingolph gefahren, über die Grenze und mit dem Zug hierher.«

»Wir haben keine Wahl. Wir müssen diese Informationen an die Polizei weitergeben, sonst mache ich mich als Mitwisserin strafbar.«

»Nein. Ich vertraue denen nicht. Deshalb habe ich schon bei der ersten Befragung nach Svetlanas Tod nicht alles gesagt. Ich habe unliebsame Erfahrungen gemacht.«

»So etwas hatte ich vermutet. Die Unterlassung hat aber deine Situation eindeutig verschlimmert. Wieso misstraust du der Polizei so entschieden? Was ist denn geschehen?«

»Bei uns zu Hause habe ich bei einer heiklen Befragung Auskunft gegeben. Sie haben mich ausgequetscht. Nach einem Diebstahl im Dorfladen wurde mein Bruder gesucht. Der Ladenbesitzer hatte ihn angezeigt. Ich habe sein Versteck verraten, weil sie mir zugesichert hatten, dass ihm nichts passiert. Er wurde auf der Flucht erschossen.«

Der ganze Körper von Olga bebte. Sie weinte. Laura hatte ihre liebe Mühe, sie zu beruhigen.

»Und nun bist du hier, fühlst dich schuldig am Tod deines Bruders und willst nicht nochmals denselben Fehler begehen. Du hast Angst um die Wirtin, die dir zur Flucht geholfen hat, und um dich.«

»Ja, genau.«

»Ich muss die Polizei benachrichtigen. Ich sage ihnen, dass du wieder aufgetaucht bist und sie dich nicht mehr zu suchen brauchen. Du bist im höchsten Grad gefährdet. Wir kommen nicht darum herum.«

»Nein und nochmals nein. Keine Polizei. Ich will nach Hause.«

Lauras Kopf drohte, ob dem Widerspruch zu zerplatzen. Sie musste Zeit gewinnen, um einen Ausweg zu finden

»Ich kümmere mich um deine Heimreise. Nimm du in der Zwischenzeit eine Dusche, schlafe ein wenig und ruhe dich aus. Bis dahin gelingt es mir vielleicht, einen Flug zu buchen.«

Olgas Zustand schien erbärmlich. Hoffentlich schlief sie vor Erschöpfung ein.

»Ich bringe dir saubere Kleider. Schließ die Tür hinter mir und lass niemanden rein.«

Laura hoffte, dass sich die Rumänin erholen konnte und unentdeckt blieb. Sie wurde aber bald eines Besseren belehrt.

KAPITEL 14 / ENTFÜHRUNG VON OLGA

Laura hatte sich diesen Morgen anders vorgestellt. Endlich einmal ein bisschen Zeit für sich. Sie sehnte sich nach einer Shoppingtour. Die Wintermode in den Schaufenstern und in den Geschäften wartete auf sie. Stattdessen setzte sie sich an den Computer und suchte einen Flug von Genf nach Bukarest. Sie hatte begriffen, dass Olgas Angst buchstäblich lebensbedrohend wirkte. Die Frau zog es heim, weil sie das Gefühl hatte, dort sicher zu sein. Sie informierte die Polizei und dann die Personalabteilung, dass die Vermisste wieder aufgetaucht sei. Sie werde demnächst aus persönlichen Gründen zurück in das Herkunftsland Rumänien zurückfliegen. Zudem verfasste sie eine kurze Mail an Pedro Lukic. Sie berichtete ihm von den neuesten Entwicklungen. Zwar hatte sie Olga versprochen, mit niemandem darüber zu sprechen. Sie sprach ja auch nicht, sondern sie schrieb, entschuldigte sie sich lapidar. Aber die Last drückte enorm auf ihre Schultern. So sehr, dass sie davon Kopf- und Nackenschmerzen bekam. Sie hatte keine andere Wahl, als es auf diese Art loszuwerden. Sie verspürte den inneren Drang, dem Sorgenkind ein wenig Warmherzigkeit zu schenken. Sie hastete deshalb trotzdem kurz in die Stadt. Sie kaufte ein kleines Souvenir aus der

Schweiz, ein T-Shirt und ein paar bequeme Hosen. Mit der Einkaufstasche in der Hand und den Fahrkarten für Bahn und Flug eilte sie zu ihrem Zimmer. Sie zuckte zusammen. Die Tür war angelehnt, das Schloss aufgebrochen.

»Olga ist weg. Verdammt noch mal!«, entfuhr es Laura. Sie bekam weiche Knie. Ihr schossen die grässlichsten Befürchtungen durch den Kopf. Wer hatte es auf sie abgesehen? War es ihre Schuld? Was hatten sie mit ihr vor? Hätte sie am Morgen der Polizei besser alle Informationen anvertraut? Die Fragen drehten sich im Kreis. Die Knie gaben nach, sie sank zu Boden, es wurde schwarz um sie herum.

Sie erwachte in ihrem Bett. Arlette Schwarzenbach saß neben ihr.

»Besser?«, fragte diese.

»Jein. Danke.«

»Was geht hier vor?«

»Olga Daskalu war heute Morgen hier. Ich habe ihr mein Zimmer angeboten, damit sie Ruhe hat. Es wurde eingebrochen, und sie ist weg.«

»Sie haben mit Olga gesprochen? Hat sie sich Ihnen anvertraut?«

»Sie hat nicht viel Erhellendes vorgebracht. Mehr Fragen als Antworten. Am liebsten hätte ich jetzt zuerst einen Kaffee. Dann kehren meine Lebensgeister sicher zurück.«

»Ich hole einen. Bleiben Sie liegen.«

Wenig später kam sie mit einer dampfenden Tasse. Der Duft allein brachte Laura wieder halbwegs zur Besinnung.

»Die Polizei wartet im Büro auf Sie. Inspektor Bonnet aus Montreux verlangt nach Ihnen.«

»Wer hat ihn verständigt?«

»Ich habe Hauptinspektor Petitjean angerufen, und er hat seinen Kollegen geschickt, weil er selbst nicht abkömmlich ist.«

»Warum haben Sie der Polizei telefoniert?«

»In Ihr Zimmer wurde eingebrochen. Eine Mitarbeiterin wird ermordet aufgefunden, eine andere verschwindet, taucht wieder auf und ist ein weiteres Mal weg.«

»Wenn die ihre Arbeit erledigt hätten …«

»Bitte seien Sie zurückhaltend. Ich ahne, dass er auf alles allergisch reagiert, was …«

Laura fiel ihrer Chefin ins Wort. »Meinen Sie seine kümmerlichen Ermittlungserfolge? Bis jetzt haben die noch keine brauchbaren Ergebnisse geliefert.«

»Wie können Sie das beurteilen? Seien Sie auf der Hut und sagen Sie nicht unüberlegt Dinge, die Sie später bereuen.«

»Nichts, aber auch gar nichts ist bis jetzt aufgedeckt. Spielt die Polizei *Mikado*? Wer sich zuerst bewegt, hat verloren?«

»Stopp, Laura. Beruhigen Sie sich und seien Sie vernünftig. In der Sache mögen Sie recht haben. Das nützt uns im Moment herzlich wenig. Deshalb ordne ich an, dass Sie alle verfügbaren Infos preisgeben und loyal kooperieren.«

»Ich versuche, mich zu mäßigen. Mal sehen, ob ich das schaffe.«

»Inspektor Bonnet wartet.«

Zuerst trank sie aber in aller Ruhe ihren Kaffee. Sie stellte fest, dass es half und sie wieder zur Besinnung kam.

»Der kann ruhig einen Moment warten.«

Trotzig blieb sie ein wenig sitzen. Inspektor Bonnet erwartete sie im Büro. Er kam ohne Umschweife auf Olga zu sprechen.

»Sie haben sich nach Aussagen von Mitarbeiterinnen lange mit ihr unterhalten. Was hat sie Ihnen berichtet? Wo hat sie sich in den letzten Tagen aufgehalten?«

»Sie hat mir gesagt, dass sie in Évian-les-Bains war und dort im *Hôtel Étoile* nach Svetlana gefragt hat. Sie wurde bedroht. Es gelang ihr zu fliehen. Dann hat sie sich versteckt. Heute kam sie hierher, weil sie annahm, dass sie hier sicher sei und die Heimreise nach Rumänien planen könne. Ich habe sie dabei unterstützt und einen Flug gebucht.«

»Das scheint mir eine unpräzise Zusammenfassung. Von wem wurde sie bedroht? Beschreibung und genaue Art der Bedrohung? Und was ist in diesem *Hôtel Étoile* konkret abgelaufen?«

»Sie vermutete, dass Svetlana von einer kriminellen Gruppe unter Vorspiegelung falscher Tatsachen ins Rotlichtmilieu verfrachtet wurde. Von dort konnte sie fliehen. Sie wurde als Mitwisserin brisanter Verhältnisse als großes Risiko eingestuft. Deshalb wurde sie umgebracht.«

Inspektor Bonnet schaute sie durchdringend an. Laura fuhr fort: »Wie gesagt, das waren Olgas Befürchtungen. Diese Einschätzung betrachte ich persönlich jedoch als keinesfalls abwegig.«

»Die Interpretation der Vorfälle überlassen Sie gefälligst den Experten«, entgegnete Bonnet säuerlich.

Laura fiel es schwer, keine zynische Antwort zu geben. Sie unterdrückte den Impuls, ihn darauf hinzuweisen, dass bisher kein sichtbarer Ermittlungserfolg zu verzeichnen war. Wenigstens aus ihrer Sicht.

»Aber was noch bedenklicher erscheint, ist die Frage: Warum haben Sie uns nicht sofort verständigt?«

»Olga Daskalu hat es mir strikt verboten. Sie hatte

fürchterliche Angst. Im Nachhinein sehe ich ein, dass es ein Fehler war. Ich hatte sie hier in Sicherheit gewähnt.«

Laura fühlte sich schuldig. Übelkeit überfiel sie. Sie hatte das zu verantworten. Es war allein ihre Schuld. Die Verfolger hatten sie gefunden, entführt und womöglich ebenfalls umgebracht. Der Inspektor sah, wie sie immer blasser wurde.

»Soll ich Ihnen ein Glas Wasser holen?«, fragte er.

Obwohl er für ihren Schwächeanfall Verständnis zeigte, sah er sie vorwurfsvoll an. Sie empfand es auf jeden Fall so. Was ihre Stimmung nicht gerade verbesserte.

»Sie kommen heute ins Präsidium. Ich vermute, dass Sie relevante Informationen zurückhalten.«

»Das ist nicht möglich. Ich habe am Abend einen Geschäftstermin.«

»Verschieben Sie ihn oder lassen Sie sich vertreten.«

»Unmöglich. Vielleicht morgen?«

Sie hatte mit den Frauen vom Housekeeping vereinbart, dass sie sich am Abend zusammen eine Flasche Wein gönnen würden, weil Olga wohlbehalten zurückgekehrt war. Das hatte sich ja nun erledigt. Trotzdem nahm sie sich vor, sich ihrer anzunehmen. Die sorgten sich gewiss und erlebten eine turbulente Zeit. Wie sie selbst. Ihre Ausreden hatten keinen Erfolg.

»Ich nehme Sie gleich mit. Wenn wir diesen Fall aufklären wollen, ist es unverzichtbar, dass ich sämtliche Sachverhalte kenne. Haben Sie das verstanden?«

Es half nichts. Alle Einwände von Laura prallten an Inspektor Bonnet ab.

»Wenn Sie nicht freiwillig mitkommen, führe ich Sie in Handschellen ab.«

Sie ergab sich. Sie hätte nicht zugelassen, dass sie wie eine Verbrecherin aus dem Hotel geführt wurde. Sie schritt neben ihm durch den Seitenausgang zu dessen Auto. Sie atmete erleichtert aus, als sie erkannte, dass es kein Polizeiauto war, sondern ein normaler Personenwagen. Trotzdem gefiel ihr die Situation keinesfalls. Sie nahm sich vor, ihr gesamtes Wissen an die Polizei weiterzugeben. Jedenfalls so viel, um Olga nicht in Gefahr zu bringen.

Mit hängenden Schultern und Schuldgefühlen kehrte Laura am frühen Abend zurück. Die Mitarbeitenden musterten sie mit scheuen Blicken, als sie durch die Gänge ins Büro stürmte. Auf dem Pult lag ein Umschlag mit neuen Schlüsseln für ihr Zimmer. Der Hausmeister hatte ein anderes Türschloss eingesetzt. Das erinnerte sie wieder an den Einbruch und das Verschwinden von Olga. Am liebsten wäre sie sofort losgerannt. Sie wollte ihr Elend von der Seele schreien und in die Kissen schlagen, bis die Federn flogen oder eine Tür mit bloßen Füßen einrammen. Ohne anzuklopfen, betrat Arlette Schwarzenbach den Raum. Zumindest meinte Laura das. Aber sie musste das Geräusch überhört haben.

»Ich hoffe, dass nun Ruhe in unser Hotel einkehrt und Sie sich 100-prozentig Ihrer Arbeit widmen.«

Ihre Vorgesetzte stand mit verschränkten Armen vor ihr. Ihr Erscheinen verwunderte Laura nicht, jedoch schockierte sie das Desinteresse am Verbleib der Mitarbeiterin.

»Interessiert es Sie denn gar nicht, wer Svetlana Popa umgebracht hat und wo Olga Daskalu ist?«

»Das überlassen wir der Polizei. Verstanden? Erste Priorität hat die Arbeit. Monsieur Roi erwartet sie noch heute Abend im Sitzungszimmer.«

»Ja?«

»Ziehen Sie sich vorher in Ihr Zimmer zurück. Erfrischen Sie sich und legen Sie ein wenig Make-up auf. Sie sehen aus wie eine wandelnde Leiche.«

»Danke für das Kompliment.«

Laura dreht sich verärgert um. Ihr blieben 20 Minuten, um sich zu waschen, umzuziehen und ein wenig Rouge aufzulegen. Sie schnitt ihrem Gesicht im Spiegel eine passende Grimasse.

»Ja, ich freue mich auf das Arbeitsgespräch und bin in heiterer Stimmung …«

Es klang nicht überzeugend, aber es löste die Verkrampfung für kurze Momente. Das heulende Elend meldete sich jedoch sofort zurück. Laura schluchzte. Ungeachtet dessen blieb ihr nichts anderes übrig, als sich zusammenzureißen. Es stand zu viel auf dem Spiel. Sie hatte keine Ahnung, was sie erwartete. Ihr Chef hatte wohl von den Vorkommnissen des Tages Wind bekommen. Er würde sie rügen, im schlimmsten Fall sogar entlassen. Immerhin hatte er angeordnet, dass sie sich nur um ihre Arbeit kümmern solle. Sie redete sich selbst ein, dass es nur um ihre Tätigkeit ginge. Daraus schöpfte sie Zuversicht. Vielleicht wollte er mit ihr ganz einfach nur über das Projekt des Schriftstellerhauses sprechen. Trotzdem bohrte die Ungewissheit an ihr, und ihre innere Unruhe schlug ihr bedrohlich auf den Magen. Schweren Schrittes schleppte sie sich zum Sitzungszimmer. Sie blieb ein paar Sekunden vor der Tür stehen und atmete tief ein und aus. Es fiel ihr schwer, sich zu erden, deshalb ging sie im Korridor ein paar Schritte auf und ab. Sie hörte Stimmen aus einem Raum am Ende des Gangs. Sie glaubte, die von Pauline Roux zu erkennen, die sich mit einem Mann stritt. Gerne hätte sie gewusst, um was es ging. Aber Laura hatte im Moment eigene Probleme zu lösen. Sie streckte den Rücken, sprach sie innerlich Mut zu und stellte sich der Herausforderung, Abel Roi entgegenzutreten.

KAPITEL 15 / MACHTWORT

»Erinnern Sie sich an unser Gespräch von letzter Woche?«

Abel Roi nahm Laura ins Visier. Seine Stimme war kraftvoll und autoritär. Seine Mimik undurchschaubar. Sie saß ihm im Sitzungszimmer gegenüber und schaute ihn fragend an.

»Sie nehmen Bezug auf das Projekt? Ja, gewiss.«

»Nein, Frau Pfeiffer. Über das sprechen wir hinterher. Es betrifft die Tote und die verschwundene Mitarbeiterin. Ich habe Sie damals darauf hingewiesen, dass es nicht Ihre Aufgabe ist, im Fall der Rumäninnen aktiv zu werden.«

Innerlich atmete Laura auf. Das Vorhaben des Literaturhauses war immer noch Thema. Das bedeutete, dass es nicht zu einem Rausschmiss kam. Leise Hoffnung keimte auf. Trotzdem ahnte sie, dass vorher eine Ermahnung auf sie wartete.

»Bitte erlauben Sie mir, Ihnen zu erklären, wie es dazu gekommen ist.«

»Die Argumente müssen jedoch stichfest, nachvollziehbar und glaubwürdig erscheinen. Ich warne Sie.«

»Sicher wissen Sie, dass sich mein Personalzimmer auf der gleichen Etage befindet wie die der anderen Mitarbeitenden. Aus diesem Grund begegne ich diesen Frauen beinah jeden Tag. Ich wurde auf Ungereimtheiten der Unterbringung angesprochen. So kamen wir ins Gespräch miteinander. Die offenen Fragen konnten inzwischen befriedigend angegangen werden. Und zwischen uns hat sich eine Art Freundschaft entwickelt.«

»Kommen Sie auf den Punkt.«

»Sie sehen in mir eine Ansprechperson. Und ich bin nun einmal nicht ein Mensch, der andere ignoriert, wenn sie in Not geraten.«

»Sehr ehrenvoll«, erwiderte er sarkastisch.

»Hätten Sie Olga Daskalu einfach ihrem Schicksal überlassen? Sie wurde von skrupellosen Personen verfolgt. Diese Aasgeier hatten sicherlich vor, sie umzubringen. So wie sie es mit Svetlana Popa getan haben. Ich will nicht dafür verantwortlich sein.«

»Für das ist die Staatsgewalt zuständig. Nicht Sie.«

»Aber die war in diesem Augenblick nicht da. Ich hingegen schon.«

»Sie besitzen ein Telefon. Wie wäre es, wenn Sie die Polizei verständigt hätten?«

»Habe ich, nachdem sie in meinem Zimmer in Sicherheit war.«

»Mit dieser Sicherheit war es aber nicht weit her. Das war eine trügerische Einschätzung.«

»Es ist unvorstellbar, dass jemand in das Hotel eindringt und sie entführt. Die Sicherheitsmaßnahmen sind effizient. Unbefugten ist es gar nicht möglich reinzukommen. Oder?«

»Sie haben aber auf alles eine Antwort.«

»Ich habe in diesem Moment gehandelt, wie es ein Mensch mit Herz und Seele tut.«

»Amen«, kam von der anderen Seite des Tisches. Sie stellte fest, dass sich seine Gesichtszüge entspannten, beinah der Ansatz eines Lächelns erkennbar war.

»Das heißt, dass meine Darlegungen Sie überzeugt haben?«

Die Antwort auf diese Frage blieb im Raum stehen. Stattdessen fing er an, über den Förderantrag des *Schriftstellerverbandes* zu sprechen. Das bedeutete für sie, dass er ihre Argumente angenommen hatte. Ihre innere Anspannung löste sich zunehmend. Sie wartete aufmerksam, welche Entscheidung er für die Immobilie getroffen hatte.

»Ich habe mit dem Treuhänder Kontakt aufgenommen und nach einer Möglichkeit gesucht, wie wir den Kauf mit Marie Chevalley abwickeln können. Brian Jones, ein Freund von mir, wird als Gönner auftreten. Er hat das Haus schon von außen begutachtet und Ihre Pläne studiert.«

»Ohne mich?«, entfuhr es Laura.

»Ja klar. Sie arbeiten zu Beginn eher im Hintergrund. Sie besichtigten das Gebäude erst, wenn der Kaufvertrag steht. Sie übernehmen nämlich eine Koordinationsaufgabe in diesem Projekt. Der wichtigste Schritt im Moment ist die Kontaktaufnahme mit den Vertretern der Schriftsteller. Wir setzen eine Vereinbarung auf, in der wir bestätigen, dass wir das Erdgeschoss nach sanfter Renovierung unentgeltlich dem Verband zur Verfügung stellen. Gleichzeitig verlangen wir, dass sie eine Schweigevereinbarung unterzeichnen. Mein Name wird im Zusammenhang mit dem Kauf nicht genannt und auf keinen Fall öffentlich bekanntgegeben. Diese Konditionen gelten natürlich auch für Sie.«

Einerseits freute sich Laura, dass er ihre Idee aufgenommen hatte. Andererseits fand sie es abwegig, dass sie hinter den Kulissen zu agieren hatte. Schon gar nicht ins Konzept passte ihr, dass der Verkäuferin ein Scheinkäufer vorgesetzt werden sollte. Obwohl sie selbst diesen Gedanken ins Spiel gebracht hatte. Im Nachhinein fand sie, dass es keine gute Grundlage für eine Vertragsabwicklung darstelle, bei der es sich ja größtenteils um eine Schenkung handelte. Sie wollte diesen Punkt jedoch im Moment nicht weiter mit ihm ausdiskutieren. Sollte der Verkauf wirklich zustande kommen, würde sie nochmals ihr Veto einlegen.

»Ich verstehe. Trotzdem liegt es mir am Herzen, das Gebäude vor dem Kauf zu besichtigen. Geben Sie mir bitte die Chance.«

»Sie lassen aber auch nie locker.«

»Wissen Sie, ich finde den Grundgedanken dieses Projekts genial. Als Ideenlieferantin und zukünftige Projektleiterin würde ich zu gerne einmal durch die Räumlichkeiten flanieren, damit ich das Haus entdecken kann.«

»Diese Antwort habe ich von Ihnen erwartet. Sie denken ganzheitlich und entwickeln den roten Faden. Das verleiht dem Projekt die nötige Glaubwürdigkeit. Schluss mit den Vorschusslorbeeren. Jetzt überlege ich, wie wir das anstellen mit der Besichtigung. Ihr Bild ist auf der Webseite unseres Hotels zu sehen. Es ginge nur, wenn Sie eine Perücke in einer anderen Haarfarbe trügen, eine große Sonnenbrille aufsetzten und während der Begehung schweigen könnten.«

»Ich soll mich verkleiden?«

»Ja genau. Oder darauf verzichten.«

»Dann mach ich das.«

»Was? Verzichten?«

»Natürlich nicht!«

Laura ärgerte sich über ihren Chef. Er lachte aus voller Kehle.

»Wenigstens jemand, der das lustig findet«, murrte sie.

»Ich gebe Ihnen den Termin für die Besichtigung bekannt. Sie nehmen zwischenzeitlich mit den Herren des *Schriftstellerverbands* Kontakt auf. Danke, das war's für heute.«

»Dann wünsche ich einen angenehmen Abend. Wenn Sie gestatten, trinke ich mit den Rumäninnen ein Glas Wein und versuche, sie etwas zu beruhigen. Nicht, dass die restlichen günstigen Arbeitskräfte ebenfalls kündigen oder davonlaufen, weil sie sich hier nicht sicher fühlen.«

Diese Bemerkung musste sie loswerden. Damit wollte sie ihm klarmachen, dass sie sich um die Angelegenheit kümmerte.

»Sind Sie der Engel der Vergessenen?«

»Kann man so sagen.«

Sie stand auf und schritt mit geradem Rücken zur Tür. Er schaute ihr schmunzelnd nach.

Die Frauen vom Housekeeping hatten auf sie gewartet. Es war ihnen allerdings nicht nach Feiern. Sie hatten begriffen, dass Olga nicht freiwillig weggegangen war. Sie war von Unbekannten entführt worden. Die Angst, dass sie ebenfalls als Wasserleiche im Genfersee auftauchen könnte, schwebte in der Luft. Die Stimmung war gedämpft. Laura versuchte, Zuversicht zu verbreiten.

»Die Polizei setzt alle Hebel in Bewegung, um sie zu finden.«

Sie fand ihre Worte selbst nicht überzeugend. Zweifel und Schuldgefühle nagten schon den ganzen Tag an ihr. Wie konnte es jemandem gelingen, unerkannt in das Dachgeschoss des Hotels zu gelangen? Diese Person hatte Kenntnis, aus welchem Grund auch immer, wo sich die Gesuchte aufhielt. Vielleicht war eine der Landsmänninnen in die Sache verstrickt. Alle von denen wussten, dass sich Olga in Lauras Zimmer zurückgezogen hatte. Und nun saß sie mit ihnen zusammen. Es war ihr gar nicht wohl, und sie verabschiedete sich bald mit einem mulmigen Gefühl im Magen. Sie nahm sich vor, ihre Überlegungen niederzuschreiben. Am besten gelang ihr das schematisch mit einem Mindmap. Dieses würde sie dann Hauptinspektor Petitjean weiterleiten. Aber nicht mehr heute Abend. Sie war erschöpft und kämpfte anhaltend mit Schuldgefühlen.

KAPITEL 16 / SMOKE ON THE WATER

»Smoke on the Water«, ertönte von ihrem Handy. Seit Laura im *Hotel Président* lebte, hatte sie die Weckermelodie angepasst. Die Popgruppe *Deep Purple* wurde zu diesem Song inspiriert, als 1971 während eines Konzerts von Frank Zappa im Casino Montreux ein Feuer ausbrach. Laura fand, dass der Sound genial zu ihrem Umfeld passte. Sie schaute kurz auf das Display und sah, dass Hans eine *WhatsApp*-Nachricht gesendet hatte.

»Laura, ich möchte dich wiedersehen. Ich muss dir etwas Wichtiges erzählen. Hast du heute Abend Zeit und Lust auf ein Glas Wein?«

Im Halbschlaf schickte sie, ohne zu überlegen, ein Daumen-hoch-Emoji. Was hatte er ihr wohl mitzuteilen? Ihre Neugier hatte wieder einmal das Zepter übernommen. Im Nachhinein bereute sie ihren Entscheid. Sie hatte nicht vor, sich regelmäßig mit Hans zu treffen. Sie erinnerte sich an ihre guten Vorsätze, die Hände von den Männern zu lassen. Die brachten ihr stets Kummer und Sorgen. Und da sie gerade an die Spezies dachte: Sie hatte schon länger vorgehabt, Pedro zu schreiben. Dummerweise war sie immer wieder durch äußere Umstände davon abgehalten worden. Sie nahm sich fest vor, das Treffen mit Hans kurz zu halten und heute die Mail zu verfassen. Doch zuerst wartete in ihrem Büro viel Arbeit. Kaum hatte sie sich an ihr Pult gesetzt und die verschiedenen Stapel Papier nach Wichtigkeit sortiert, betrat Arlette Schwarzenbach den Raum.

»Und wie war die Sitzung mit Monsieur le Président?«

»Aus meiner Sicht ergibt sich eine runde Sache. Haben Sie Gegenteiliges gehört?«

»Nein. Erstaunlicherweise habe ich keine Reaktion von ihm erhalten.«

»Warten Sie darauf?«

»Normalerweise gibt er mir immer sofort eine Rückmeldung. Eventuell ist er beschäftigt.«

»Er scheint mit meiner Arbeit zufrieden zu sein, auch wenn ich mich zu viel um die rumänischen Mitarbeiterinnen kümmere.«

»Das sind vorteilhafte Voraussetzungen für die Zukunft.«

»Wie meinen Sie das?«

»Nun ja, es gab in der Vergangenheit immer wieder Wechsel bei den Assistentinnen. Länger als ein Jahr ist keine geblieben. Und ich glaube nicht, dass es mit meiner Person zu tun hatte.«

»Und was waren die wahren Gründe für die Fluktuation?«

»Die Damen beklagten sich, nicht ernst genommen oder überfahren zu werden.«

Laura fragte sich, ob sie vielleicht selbstbewusster aufgetreten war. Eher nicht. Das erste Zusammentreffen trieb ihr heute noch die Schamröte ins Gesicht. Aber eventuell hatte sie ihn mit der Idee und der Begeisterung für das Projekt der Schriftsteller für sich gewonnen. Sie vermochte es nicht zu sagen. Eine tolle Vorstellung wäre es in jedem Fall.

»Haben Sie eine Ahnung, weshalb?«

»Ich ahne den wahren Grund, weswegen er eine Assistentin für die Erstgespräche mit den Antragstellern vorschickt. Er drückt sich darum, eine Absage erteilen zu müssen. Es trudeln so viele Anfragen ein, dass er nur einem Bruchteil zusagen kann. Negative Bescheide überbringt Abel Roi ganz und gar nicht gerne. Er ist zurückhaltend mit der Vergabe von Fördergeldern. Nur ein wirklich beispielloses und langfristiges Projekt hat Chancen, finanziert zu werden. Darunter fällt zum Beispiel das *Montreux Jazz Festival.*«

Laura fragte sich, ob ihr tatsächlich diese Aufgabe übertragen wurde, damit sie im Fall einer Ablehnung die Überbringerin der negativen Botschaft war. Ernüchterung machte sich in ihr breit. Einmal mehr wurde ihr bewusst, wie leichtgläubig sie war. Je länger sie darüber nachdachte, umso frustrierter wurde sie.

Arlette Schwarzenbach sah, wie das Gesicht ihrer Assistentin die Farbe wechselte. Sie wurde blass und kämpfte gegen die Tränen.

»Ist etwas nicht in Ordnung?«

Laura atmete tief durch. Sie würde keine Gefühle zeigen. Nein, schrie es in ihr.

»Frau Pfeiffer? Was ist?«

Sie bekam ihre Enttäuschung nicht in den Griff.

»Er delegiert die Chefsache, damit ich bei den Bewerbern den Bösewicht spiele?«

Ihre Chefin schwieg, wendete sich ab und stellte sich ans Fenster. Mit dem Rücken zu Laura blieb sie lange dort stehen und schaute in den Hotelpark. Dann drehte sie sich langsam um.

»Abel Roi überlässt nichts dem Zufall. Er nimmt Einfluss, wo es ihm möglich ist. Bleibt im Hintergrund, mimt dessen ungeachtet gerne den Wohltäter.«

»Aber mich benutzt er für unliebsame Aufgaben?«

»Möchten Sie Projekte unterstützen, hinter denen Sie nicht stehen?«

Laura wurde die Logik der Argumentation sofort bewusst. Und sie begriff, dass ihre Position auch Vorteile hatte. Sie fällte die Vorentscheidungen und damit bestimmte sie mit, wer überhaupt eine Chance hatte. Ihr Rückgrat streckte sich und ihr Missbehagen verflog. Im Prinzip lag es an ihr zu entscheiden, wer etwas bekam. Sie hatte stille Entscheidungsmacht, wenn sie sich nur geschickt anstellte.

»Natürlich nicht. Aber ich erteile ebenfalls nicht gerne Absagen.«

»In Zukunft werden Sie viele Anfragen erhalten. Es ist nicht möglich, jede positiv zu beantworten. Manche basieren auf Hirngespinsten, andere sind nicht durchdacht. Es ist unmöglich, alle zu berücksichtigen. Sie haben die Vorauswahl in der Hand. Und wer sagt denn schon, dass Sie die Ablehnungen mündlich überbringen müssen. Das geht auch schriftlich.«

Das leuchtete Laura ein, und sie versöhnte sich mental mit ihrem Chef und ihrer Aufgabe. Heute hatte sie den Auftrag, Monsieur Monnet vom *Schriftstellerverband* zu kontaktieren. Sie durfte ihm mitteilen, dass ein zweiter Termin in Aussicht stand, um eine Vereinbarung zu unterschreiben. Allerdings sei nicht Abel Roi der Gönner, sondern ein Brian Jones. Sie teilte ihm gleichzeitig mit, dass über dieses Geschäft Stillschweigen vereinbart sei. Die mündliche Zusage erhielt sie von ihm noch am Telefon.

Den Rest des Tages erledigte sie übliche Routinegeschäfte. Sie staunte selbst, wie leicht ihr schon vieles von der Hand ging.

Laura freute sich trotz ihrer Vorbehalte auf die Verabredung mit Hans. Das brachte Abwechslung in den Hotelalltag. Sie trafen sich wieder im selben Bistro wie letztes Mal. Zur Begrüßung gaben sie sich drei Wangenküsschen, wie es in der Romandie üblich war.

»Was hast du mir so Wichtiges zu berichten?«

Laura wollte nicht lange um den Brei herumreden. Hans war das recht.

»Dein Monsieur le Président«.

»Was ist mit dem? Und er ist übrigens nicht ›mein‹ …«

»Schon gut. Ich wollte dich ein wenig necken. Also, dieser Herr ist Gönner des *Montreux Jazz Festivals*. Bei der Berichterstattung über das Event habe ich einmal alle Sponsoren unter die Lupe genommen. Dabei ist mir aufgefallen, dass Abel Roi auf vielen Hochzeiten tanzt.«

»Was meinst du damit?«

»Mir ist nicht klar, woher das ganze Geld kommt? Könntest du nicht einmal diskret nachfragen …«

Fuchsteufelswild schoss Laura auf. Dabei stieß sie an den Tisch, die Weingläser fielen um und zersplitterten auf dem Boden.

»Du …«

Sie fand keine Worte für eine passende Charakterbeschreibung ihres Gegenübers.

»… du Hansdampf«, entfuhr es ihr, bevor sie wütend aus dem Lokal stampfte.

Er schaute ihr fassungslos nach. Er verstand ihren Ausbruch nicht. Er war lediglich seiner Aufgabe als Journalist nachgegangen.

In ihrem Zimmer warf sie sich auf ihr Bett und heulte los. Das Kissen war bald klitschnass. Das störte sie nicht. Ihr war alles egal. Am liebsten hätte sie sich in Luft aufgelöst. Innerhalb von 24 Stunden hatte sie den Eindruck gewonnen, dass zwei Männer versuchten, von ihrer Gutgläubigkeit zu profitieren. Wer war sie eigentlich, dass die Menschen sich erlaubten, solche Anliegen an sie zu stellen? Das kratzte an ihrem Wunschbild der integren Charaktereigenschaften anderer Personen. Wobei, um es zu relativieren, gestand sie sich schon ein, dass die beiden Situationen nicht vergleichbar waren. Eine stand im Zusammenhang mit ihrer Arbeit und die andere eher mit der Karriere eines Schreiberlings. Allerdings ließ sie die Frage von Hans nicht gleichgültig. Zu gerne hätte sie in Erfahrung gebracht, wie Abel Roi seinen Lebensstil finanzierte. Von den Einnahmen des Hotels allein stammte es nicht. Sie hatte Einsicht in die Buchhaltung. Wie sie gesehen hatte, standen in der Bilanz und Erfolgsrechnung vom vergangenen Jahr rote Zahlen. In ihrem Kopf entwickelten sich verschiedene Szenarien, die sie aber alle wieder verwarf. Sie sah nur eine Möglichkeit, diese brennenden Fragen zu klären. Sie hatte keine andere Wahl, als sich des Themas »Mittelbeschaffung« anzunehmen. Natürlich nur, um ihre innere Unruhe zu stillen. Nicht um die Ergebnisse an jemanden weiterzugeben. Aber sie hatte keine andere Wahl. Ihre angeborene Neugier zwang sie wieder einmal dazu.

KAPITEL 17 / NACHLASS

Laura begegnete Mira im Flur der Personalzimmer. Die Frau kam freudestrahlend auf sie zu.

»Ich danke dir herzlich. Aufgrund deiner Intervention hat es geklappt, dass wir nun zu zweit eine Schlafkammer teilen. Liana und ich wissen das zu schätzen. Nur noch eine Frage: Darf ich die Sachen von Olga im Schrank wegräumen?«

»Ich übernehme das.«

Laura hatte ohne zu überlegen geantwortet. Impulsiv hatte die Neugierde wieder einmal Oberhand gewonnen. Sie wunderte sich, dass die Polizei nicht alles mitgenommen hatte. Was war wohl noch da?

»Ich packe ihre Sachen in einen Karton und bewahre sie bei mir auf. Wir wissen ja nie, ob sie wieder auftaucht.«

»Prima. Können wir zwei der vier Kästen und Betten aus dem Zimmer entfernen?«

»Den Auftrag geben wir einem Hausarbeiter. Der verstaut die Möbel im Keller. Ich komme gleich zurück, wenn es dir recht ist. Ich suche nur einen Karton.«

Einige Gegenstände hatte die Polizei mitgenommen, Kleider und Toiletteartikel lagen aber in ihrem Schrank. Sogar das Bett war weiterhin bezogen. Niemand schien sich wirklich um das Schicksal von Olga zu kümmern. War der Fall der Rumänin sowohl von der Hotelleitung wie seitens der Polizei als ungeklärt zu den Akten gelegt worden? Dennoch war es an der Zeit, zur Tagesordnung überzugehen. Die beiden Frauen hatten ein Anrecht auf ein aufgeräumtes Zweierzimmer ohne Erinnerungen an die Tote und die verschollene Kollegin. Lauras Aufgabe war es nicht, die Wäsche und die privaten Artikel von Olga auszuräumen. Aber weil sie sich am Verschwinden mitschuldig fühlte, übernahm sie es. Ordnung schaffen half ihr bei der Bewältigung der Gewissensbisse. Sie versuchte, die Arbeit so schnell wie möglich zu erledigen. Dabei fiel ihr ein Haarschaum aus den Händen und prallte auf den Aluminiumboden des Kastens. Eine Schraube sprang heraus, und die Abdeckung löste sich an einer Ecke. Sie wollte schon weiterarbeiten, als sie bemerkte, dass die anderen drei Gewindestift nur lose eingeschraubt waren. Sie suchte in der Toilettetasche nach einer Pinzette oder einem spitzen Gegenstand. Zu ihrer Überraschung fand sie eine kleine Schraubenziehergarnitur.

Sie wunderte sich, weshalb eine Frau einen Werkzeugsatz in ihrem Kulturbeutel aufbewahrte. Dann kam ihr der Geistesblitz. Das hatte einen Grund, und sie ahnte, welchen. Sie löste alle Schrauben von der Abdeckung und fand im Unterboden einen braunen A4-Umschlag. Der Inhalt erstaunte und erzürnte Laura. Sie entdeckte Fotos. Die Rumänin war in aufreizender Wäsche in verschiedenen Positionen zu sehen. Sofort erkannte Laura, dass die Bilder in Carols Fotostudio in Évian-les-Bains aufgenommen worden waren. Demzufolge hatte ihr Olga einen Bären aufgebunden. Sie hatte Laura immer versichert, dass sie kein Interesse an einem Modeljob habe und sie nicht den gleichen Weg einschlagen wolle wie Svetlana. Frustration machte sich in Laura breit. Das erinnerte sie an die gestrige Begegnung mit Abel Roi und Hansdampf. Fiese Leute, die versuchten ihre Gutmütigkeit für eigene Zwecke zu nutzen. Sie schmiss den Umschlag mit dem übrigen Plunder in den Karton und schraubte den Aluminiumboden wieder an. Dabei stellte sie sich verschiedene Fragen. War sie verpflichtet, diese brisanten Aufnahmen der Polizei zu übergeben? Der Fund warf neue Vermutungen auf. War da eine Kettenreaktion im Gang? Die Gefahr, dass Olga dasselbe Schicksal bevorstand wie ihrer Freundin, wurde aus der Sicht von Laura immer konkreter. Sie beschloss, Hauptinspektor Petitjean baldmöglichst zu informieren. Die Schachtel mit den zurückgelassenen Utensilien der Rumänin verstaute sie in ihrem Zimmer.

Auf ihrem Schreibtisch wartete ein Stapel Arbeit. Wie gewohnt ordnete sie es nach Dringlichkeitsstufe. Zuerst die Aufgaben, die mit einer kurzen Mail oder einem Telefonat schnell zu bewältigen waren. Das gab ihr das Gefühl vorwärtszukommen. Dann die Anliegen, die etwas mehr Zeit benötigten. Abschließend die harten Nüsse, über die sie länger brüten musste. Am liebsten befasste sie sich mit Geschäften, bei denen eine durchdachte Strategie gefragt war. Sie vergaß die Mittagspause, so vertieft war sie in ihre Arbeit. Das Klingeln des Telefons riss sie aus der Konzentration. Hauptinspektor Petitjean ersuchte sie um ein klärendes Gespräch. Seine französischen Kollegen fragten nach weiterführenden Informationen zum Tod von Svetlana und dem Verschwinden von Olga.

»Prima, dass Sie anrufen. Ich habe Neuigkeiten für Sie.«

»Um was geht es?«

»Ich habe in Olga Daskalus Zimmer Fotos gefunden, die Ihnen bei der Lösung des Falls weiterhelfen könnten.«

»Ich komme gegen Abend zusammen mit Inspektor Bonnet ins Hotel. Sichern Sie das Beweismaterial und zeigen uns, wo Sie es entdeckt haben.«

»Ja, natürlich.«

Sie gönnte sich eine kurze Pause. Im Personalrestaurant verdrückte sie ein Sandwich und trank ihren Tagesbedarf an Wasser. Dringend und wichtig erschien es ihr, die ominöse Schachtel von Olga in ihrem Büro zu lagern und vor der Übergabe an die Polizei selbst noch ein paar Fotos davon zu schießen. Sie huschte, wie immer zwei Treppenstufen nehmend, ins Dachgeschoss. Es traf sie beinah der Schlag. Ihre Zimmertür war erneut aufgebrochen worden. Die Schachtel und ihr privater PC waren verschwunden. Und im Zimmer sah es aus, als ob ein Sturm darüber gefegt wäre. Sie zückte ihr Handy, rief den Hauptinspektor an und bat ihn, sofort herzukommen. Vom Flur aus nahm sie ein paar Bilder der Verwüstung auf. Erschüttert setzte sie sich im Gang auf den Boden. Keine Minute würde sie diesen Raum unbeaufsichtigt lassen. Die Polizei musste zuerst den Tatbestand aufnehmen. Trotz der Zimmerstunde eines Großteils des Personals kam kein Mensch vorbei. Es war, als hätten sich alle versteckt oder in Luft aufgelöst. Betrübt kauerte sie auf dem abgetretenen Flurteppich. Die Situation bedrückte sie. Sie fühlte sich hilflos und verloren. Und schon wieder waren Unbefugte in ihre Privatsphäre eingedrungen. Am meisten ärgerte sie, dass sie entgegen ihrer Gewohnheit kein einziges Foto des brisanten Fundes gemacht hatte. Der Gedanke war ihr zu spät gekommen. Laura entschied sich, Pedro anzurufen. Das war das erste Mal, dass sie seine Telefonnummer wählte. Sie hatte das Verlangen, mit ihm zu sprechen. Bis dahin hatten sie sich nur sporadisch Mails geschickt. Der Anrufbeantworter forderte sie auf, eine Nachricht zu hinterlassen. Sie hängte ein, bevor er seinen Text fertig gesprochen hatte. Sie ließ den Kopf auf die Knie sinken und seufzte. Sie hätte sich so gern bei jemandem ausgesprochen und ein wenig gejammert. Wem sollte sie sich bloß anvertrauen? In diesem Moment kam sie sich sehr einsam und verlassen vor. Sie merkte, dass sie vor lauter Arbeit keine sozialen Kontakte gepflegt und in Montreux nicht mal Freundschaften geschlossen hatte. Hans wäre vor Ort, aber der hatte sie verärgert, weil er von ihren Beziehungen profitieren wollte. Die Mitarbeitenden betrachteten sie als Vorgesetzte, und die Chefin war keine Freundin. Das rief ihr in Erinnerung, dass sie Arlette Schwarzenbach über die neuesten Vorkommnisse Bericht erstatten musste. Diese erschien zehn Minuten nach dem Anruf und schaute sich die Bescherung an.

»Es ist gut, dass Sie direkt Kontakt mit Hauptinspektor Petitjean aufgenommen haben. Aber so häufig wieder die Polizei im Haus zu haben, ist nervig.«

»Er hat sich heute bei mir gemeldet und verlangte weitere Auskünfte zu Svetlana. Er wäre auf jeden Fall vorbeigekommen.«

»Haben Sie eine Vermutung, weshalb bei Ihnen wieder eingebrochen wurde?«

»Ich hatte die persönlichen Gegenstände von Olga heute Morgen in mein Zimmer gestellt, und diese sind verschwunden.«

»Was für Gegenstände?«

»Jene, die sie zurückgelassen hat. Ich beabsichtigte, den beiden Frauen einen aufgeräumten Raum zu hinterlassen. Die Sachen von Olga Daskalu plante ich zur Verwahrung beiseitezulegen.«

»Warum kümmern *Sie* sich persönlich darum?«

»Es hat sich einfach so ergeben.«

»Monsieur Roi und ich haben Ihnen doch klar verboten, sich in diesen Fall einzumischen. Wieso widersetzen Sie sich dieser Auflage so hartnäckig?«

»Von Einmischung kann hier nicht gesprochen werden. Ich habe lediglich die persönlichen Sachen von Olga Daskalu ausgeräumt und beabsichtigt, sie der Polizei zu übergeben.«

Die peinliche Zurechtweisung wurde jäh unterbrochen. Ein Mitarbeiter führte Hauptinspektor Petitjean und einen Beamten der Spurensicherung zu Lauras Zimmer.

»Wir beschäftigen uns mit diesem erneuten Einbruch und den Abklärungen zum Verschwinden von Olga Daskalu. Ebenso mit dem Todesfall von Svetlana Popa. Wir benötigen weitere Auskünfte. Vor allem von Ihnen, Frau Pfeiffer. Wir vermuten, dass Sie uns nur Teilinformationen liefern. Warum ist in kürzester Zeit schon zwei Mal in Ihr Zimmer eingebrochen worden?«

Wieder hörte sie sich Vorwürfe an. Nach Lauras Auffassung verhielt sich die Polizei zu passiv und wollte nun den Ball an sie abschieben. Sie spürte Wut in sich hochsteigen. Ein paar Tropfen noch, und das Fass wäre übergelaufen. Arlette Schwarzenbach kam ihr zuvor. Sie zupfte ihre Assistentin sanft am Ärmel und schüttelte den Kopf. Laura erriet die besondere Gabe ihrer Chefin, brenzlige Situation zu erkennen. Einerseits beruhigte sie das. Andererseits fürchtete sie, dass sie von Arlette durchschaut wurde. Was glaubt diese Frau, alles von ihr zu wissen?

Die Polizisten nahmen das Zimmer minutiös unter die Lupe. Alles wurde auf Doppelböden abgeklopft und nach abgewischtem Staub, Schleifspuren und Fingerabdrücken untersucht. Der Hauptinspektor blieb ab und zu wortlos stehen, kratzte sich in den Haaren und ließ ein »Aha« oder ein »So« über seine Lippen. Dann drehte er sich zu Laura um.

»Wo können wir ungestört sprechen?«

Das bedeutete, dass Arlette Schwarzenbach nicht dabei war. Diese wies er an, für Laura ein Ersatzzimmer zu organisieren. Anweisungen zu erhalten, war sie nicht gewohnt. Entsprechend verärgert reagierte sie.

»Ich werde jemanden kommen lassen, der das übernimmt. Das liegt nicht in meinen Zuständigkeiten. Ich erwarte, dass Sie diese Angelegenheit endgültig und ohne weiteren Verzug klären. Unser Hotelbetrieb kann nicht laufend durch Aktionen der Polizei gestört werden. Und überhaupt. Ihr Verständnis von Diskretion lässt zu wünschen übrig.«

Abrupt drehte sie sich auf dem Absatz um und verschwand. Petitjean warf Laura ein müdes Lächeln zu.

»Die Dame reagiert mimosenhaft.«

»Ich verstehe sie. Das Hotel liegt ihr am Herzen. Sie hätte gerne alles unter Kontrolle. Und im Moment läuft zu viel drunter und drüber.«

»Sind wir in Ihrem Büro ungestört? Ich will ausschließen, dass uns jemand belauscht.«

Im Lift äußerte Petitjean einen Verdacht.

»Möglicherweise steckt eine Person aus diesem Hotel hinter dem Einbruch, dem ungeklärten Verschwinden von Olga und dem Mordfall.«

Laura war dieser Gedanke auch schon gekommen. Nur Mitarbeitende hatten Zugang zu diesem Gebäudetrakt. Aber wem waren solche Taten zuzutrauen? Sie vermochte es sich nicht vorzustellen. Die Fragen des Hauptinspektors beantwortete sie alle bis ins Detail und ohne Auslassungen. Sie schilderte sogar ihren Besuch im Fotostudio. Petitjean schaute sie vorwurfsvoll an: »Und warum haben Sie das nicht schon früher berichtet?«

»Weil ich annahm, dass es keine Bedeutung hat. Nun, im Nachhinein, fällt es mir wie Schuppen von den Augen. Es muss einen Zusammenhang geben.«

Petitjeans Brauen zuckten kurz, dann verriet er ohne Umschweife Internes.

»Nur zu Ihrer Information. Wir arbeiten mit der Gendarmerie in Évian-les-Bains zusammen. Es ist zwar nicht problemlos, aber es funktioniert. Deshalb sind wir auf ›alle‹ und wenn ich sage ›alle‹, dann meine ich ›alle‹, Hinweise angewiesen. Es ist egal, ob sie aus der Schweiz oder aus Frankreich stammen. Lassen Sie ausschließlich uns entscheiden, ob eine Information belanglos ist oder nicht. Haben Sie das verstanden?«

»Ja«, hauchte Laura.

Ihr Handy klingelte. Pedro Lukic rief zurück.

»Ist es wichtig?«

»Ja. Nein. Nicht so dringend. Ich antworte später.«

Sie wollte zuerst herunterkommen und das angestaute Wissen ordnen, bevor sie Pedro überfiel. Sie stellte sich darauf ein, einen Rüffel zu kassieren. Aber im entscheidenden Moment stand er ihr bestimmt zur Seite. Das schuf Vertrauen, das sie sich zutiefst wünschte. Wenn er doch nur hier wäre und sie in die Arme nehmen könnte.

KAPITEL 18 / MISSTRAUEN

Laura war angeschlagen, launisch und energielos. Sie misstraute allen Personen, die ihr begegneten oder eine telefonische Auskunft von ihr verlangten. Es war egal, ob es im beruflichen Zusammenhang, eine harmlose Begegnung im Personalrestaurant oder im Flur war. Hinter jeder menschlichen Fassade sah sie den Teufel in Person, der listig und unerkannt die Fäden zog. Die Einbrüche in ihr Zimmer, die verschwundenen Fotos, der Tod von Svetlana und das ungeklärte Schicksal von Olga. Das alles musste zusammenhängen und wurde von einem Drahtzieher orchestriert. Tief im Sumpf der menschlichen Abgründe versunken, bemerkte sie den vor ihr stehenden Besucher nicht. Verlegen versuchte der Concièrge, Monsieur Chappuis, sich bemerkbar zu machen.

»Bonjour, Madame. Die Polizei hat ihr Zimmer wieder freigegeben. Ich habe das Schloss ersetzt. Hier ist der neue Schlüssel. Sie haben einen rechten Verschleiß. So etwas habe ich in meiner 30-jährigen Karriere noch nicht erlebt. In kürzester Zeit musste ich zweimal ein Türschloss ersetzen. Was ist denn bei Ihnen so Wertvolles zu holen?«

»Das ist eine gute Frage. Ich wünschte, ich könnte sie Ihnen beantworten. Danke für Ihre Mühe. Ich hoffe, dass ich Sie das letzte Mal mit dieser Aufgabe belästigt habe.«

Sie lächelte ihn verdrossen an. Er betrachtete Laura mitfühlend. »Die Vorkommnisse der vergangenen Tage beschäftigen Sie?«

»Ja und wie. Mich dünkt, in den oberen Etagen und bei der Polizei arbeitet man nach dem Prinzip der drei Affen: nichts sehen, nichts hören, nichts sagen …«

»Was den äußeren Eindruck betrifft, stimme ich Ihnen zu. Aber wir wissen es einfach nicht wirklich.«

»Sie bringen es auf den Punkt. Richtig ungemütlich, lähmend, aussichtslos.«

»Ich habe übrigens eine Vermutung.«

Laura schreckte auf. Ihre lebensmüde Haltung verflog wie Nebelschwaden bei aufgehender Sonne.

»Tatsächlich? Und?«

»Sie haben doch diesen Janik Antonescu rausgeworfen.«

»Ja. Es ging nicht anders. Er hat sich die leidige Sache selbst eingebrockt. Ist er hier trotz Hausverbot wieder aufgetaucht?«

Ihre Gedanken überschlugen sich.

»Er kommt nicht mehr rein. Wir haben ihm selbstverständlich die Schlüssel abgenommen. Der Personaleingang ist überwacht. Aber er hat einen Kumpan in der Küche. Alexandros ist Küchenhilfe. Janik lungert gelegentlich draußen herum, um ihn abzuholen. Nach meiner Einschätzung ist der Grieche ein potenzieller Komplize.«

»Und Sie vermuten, dass er sich tatsächlich von seinem rumänischen Ex-Kollegen für miese Taten einspannen lässt?«

»Für eine anständige Marge ist alles möglich. Sie finden das bestimmt raus.«

»Monsieur Chappuis, könnten Sie mir einen Gefallen tun?«

»Sicher.«

»Senden Sie mir ein *WhatsApp*, sobald Sie entdecken, dass der Küchenbursche Janik vor dem Hotel treffen sollte. Seien Sie behutsam. Niemand soll etwas erfahren, solange der Verdacht nicht erhärtet wird. Der Code für die Botschaft wäre: *Habe einen zweiten Schlüssel nachbestellt.*«

»Tout compris*.«

Eigentlich hatte Laura ihren Vorgesetzten und der Polizei zugesichert, dass sie sich nicht mehr zu Nachforschungen hinreißen lassen würde. In diesem Fall erteilte sie sich selbst eine exklusive Ausnahme. Sie verabschiedete Monsieur Chappuis mit einem dankbaren Blick. Impulsiv stand sie auf und begab sich auf direktem Weg Richtung Küche. Zum Glück war diese nicht gleich um die Ecke. Auf dem Weg dorthin wurde sie von ihrem Verstand eingeholt. Sie bemerkte, dass die unüberlegte Reaktion ein Fehler war. Mit ihrem Auftauchen an seinem Arbeitsplatz würde Alexandros geradewegs aufmerksam, dass sie ihn verdächtigte. Sie hatte sich selbst in flagranti ertappt. Erst wollte sie wie abgemacht die Meldung von Chappuis abwarten und hinterher situationsgerecht handeln. Sie kehrte auf halbem Weg um. In ihrem Büro erledigte sie die dringendsten Arbeiten. Sie beschloss, an diesem Abend auswärts zu essen. Laura wollte in einer anderen Umgebung über alles nachdenken. Auf das Personalrestaurant und seine Besucher hatte sie keinen Bock. Unweit des Hotels hatte sie bei

* alles verstanden

einem ihrer seltenen Ausflüge ein chinesisches Restaurant entdeckt. Das stand schon länger auf ihrer Wunschliste. Sie setzte sich an einen kleinen Tisch hinter einem Aquarium, bestellte Hähnchenfleisch süßsauer und eine Kanne Jasmintee. Ihre Gedanken taten es den Fischen gleich, die in ihrem Wasserbehälter schwammen. Anscheinend ohne Ziel und recht eingeschränkt durch die Glasscheibe trieben sie dahin. Trotzdem wirkten sie entspannt. Ab und zu öffneten sie ihr Maul, und kleine Luftbläschen drifteten an die Wasseroberfläche. Laura lächelte. Auch sie kam sich vor wie in einem Glashaus im Hotel. Ihr Leben spielte sich im Moment in diesen Wänden ab, und sie vergaß, was außerhalb alles ablief. Trotz dieser Einsicht beschäftigte sie sich bald wieder mit dem heutigen Vorfall. Wenn dieser Alexandros ein Komplize von Janik war, dann hatte er beschlossen, sich an ihr zu rächen. Eventuell hatten die Einbrüche gar nichts mit Olga oder deren Privatgegenständen zu tun, sondern es ging nur darum, sie in Angst und Schrecken zu versetzen. Sie musste mehr über diese zwielichtige Gestalt in Erfahrung bringen. Es galt herauszufinden, was die beiden wirklich im Schilde führten. Zuerst würde sie morgen einmal dem Personalbüro einen kleinen Besuch abstatten und Pauline die Würmer aus der Nase ziehen. Die war zwar immer noch eingeschnappt, weil Laura sie darauf hingewiesen hatte, dass ihr mit der Belastung der Zimmermiete bei den Rumäninnen ein Fehler unterlaufen war. Eventuell wäre es geschickter, wenn sie sich mit ihr anfreunden würde. Kaum war der Gedanke zu Ende gedacht, realisierte sie, dass sie vorhatte, die gleichen Methoden anzuwenden wie Hans und Abel Roi. Deshalb verwarf sie die Idee im selben Moment wieder.

Der Kellner stellte ihr das Essen auf den Tisch. Das Gedeck war eine Augenweide. In einer Schale häufte sich der gedämpfte Reis, in einem anderen blau-weiß dekorierten Töpfchen das Fleisch mit den Früchten und einer handgeschnitzten Karotte in Form einer Rose. Der Duft des Essens stieg ihr in die Nase. Sie verspürte immensen Hunger und großen Appetit. Ihr Magen hatte außer Tee und Kaffee den ganzen Tag nichts bekommen. Für eine halbe Stunde vergaß sie Kummer und Sorgen und schwelgte in Gaumenfreuden. Selbst das Handy ließ sie links liegen. Beinah hätte sie sich nach am letzten Bissen verschluckt. Sie sah durch die Wasserpflanzen des Aquariums, wie Janik das Restaurant betrat. Er war mit einem jungen drahtigen Mann zusammen. Ihr Bauchgefühl sagte ihr, dass es Alexandros sein musste. Am liebsten wäre sie unter den Tisch gekrochen. Der Abend war bis jetzt entspannter verlaufen als der Tag. Dass nun aber ausgerechnet dieser Idiot hier auftauchte, ärgerte sie bis aufs Blut. Zudem löste es Angstgefühle aus. Sie zückte ihr Handy und sah, dass Monsieur Chappuis ihr eine Nachricht geschickt hatte. *Der zweite Schlüssel ist eingetroffen.* Er wies sie darauf hin, dass sich die beiden beim Hotel getroffen hatten. Ihre Annahme, was den Begleiter betraf, hatte sich bestätigt. Vorsichtig brachte sie ihr Handy in Stellung und knipste mehrere Bilder der Störenfriede. Das Aquarium bot die ideale Deckung, um unentdeckt zu bleiben. Jetzt galt es, eine direkte Konfrontation zu vermeiden. Sie war sich bewusst, dass es Janik mit seinen Drohungen ernst gemeint hatte und er seinen Rausschmiss rächen wollte. Dass bei ihr eingebrochen worden war und Olga aus ihrem Zimmer entführt wurde, unterlegte die Mutmaßungen. Im Moment fragte sie sich, wie sie aus diesem Lokal rauskam, ohne die Aufmerksamkeit der Bösewichte auf sich zu ziehen. Die beiden hatten sie bisher noch nicht entdeckt, saßen aber dummerweise direkt neben dem Eingang. Es war ihr nicht möglich, unentdeckt durch den Haupteingang zu fliehen. Sie suchte eine andere Lösung. Mit einem Fingerzeig winkte sie die Kellnerin heran und verlangte die Rechnung.

»Gibt es einen zweiten Ausgang?«, fragte sie, bevor sie ihre Kreditkarte in den Apparat steckte.

»Nein. Nur den.«

»Und das Personal? Gibt es keine Hintertür?«

»Durch die Küche zum Hinterausgang.«

»Ich habe ein Problem. Einer der beiden da drüben stellt mir nach. Darf ich ausnahmsweise hinten raus?«

»Ich weiß nicht. Der Chef steht in der Küche am Herd.«

»Ich bedanke mich bei ihm für das feine Essen, rühme ihn und verspreche eine Fünfsternbewertung auf *Google*.«

Die Kellnerin strahlte Laura an.

»Ich werde fragen. Warten Sie einen Moment.«

Laura hatte sich so hingesetzt, dass ihr Gesicht vom Eingang her nicht zu sehen war. Ab und zu blinzelte sie zwischen Fischen und Pflanzen Richtung Tür. Die beiden Männer schauten intensiv in die Speisekarte oder unterhielten sich angeregt. Für die ungeduldige Laura dauerte es eine Ewigkeit, bis endlich die Kellnerin mit einer positiven Antwort zurückkam.

»Der Chef erwartet Sie.«

Laura stand auf. Der Weg in die Küche war durch das Aquarium gedeckt. Sie duckte sich ein wenig. So gelangte sie ungesehen in das Allerheiligste. Mit gefalteten Händen auf Brusthöhe verneigte sie sich vor dem Koch.

»Ich habe noch nie ein so geschmackvoll angerichtetes chinesisches Essen erhalten, das zudem so exzellent geschmeckt hat. Erlauben Sie, dass ich ein Bild von Ihnen aufnehme?«

Der Chef versuchte, keine Miene zu verziehen und cool zu bleiben. Schmunzelnd bemerkte sie, wie gebauchpinselt er sich fühlte. Es tat ihm wohl, einmal gelobt zu werden. Sie nahm sich vor, dies in Zukunft öfter zu praktizieren.

»Wer bedroht Sie?«, fragte er.

»Nicht der Rede wert«, entgegnete Laura. Die Kellnerin antwortete an ihrer Stelle.

»Die beiden Gäste an Tisch drei.«

»Ich kümmere mich darum«, blinzelte der Koch. »Ich habe da ein Gewürz, dass die Darmtätigkeit anregt. Die zwei werden eine turbulente Nacht verbringen.«

Mit einem Lächeln im Gesicht kehrte Laura in der Dämmerung des Abends zurück ins Hotel. Es war noch früh genug, um Pedro zurückzurufen. Tatsächlich nahm er das Telefongespräch entgegen. Sie erzählte ihm zuerst von ihrem Besuch im chinesischen Restaurant, dem freundlichen Chef und der Flucht durch den Hinterausgang. Pedro war beunruhigt zu hören, dass sie angeblich verfolgt wurde, und riet ihr beschwörend, der Polizei Bescheid zu geben.

»Die waren heute schon zu Besuch. Mein Zimmer wurde aufgebrochen und ausgeraubt.«

»Laura«, eindringlich sprach er auf sie ein, »ich rate dir, den Fall nicht auf die leichte Schulter zu nehmen. Du bist unbewusst in eine gefährliche Situation geraten. Du wirst bedroht, und bei dir wird eingebrochen. Du musst aus der

Schusslinie, dich schützen. Ich will, dass du ein paar Tage nach Zermatt kommst, bis die Polizei in Montreux den Täter erwischt hat.«

»Das geht leider nicht. Ich habe zu viel Arbeit.«

»Versprichst du mir, dass du diesen Vorfall morgen dem Hauptinspektor mitteilst? Besser, du schreibst ihm noch heute Nacht eine E-Mail.«

Ein klägliches »Ja« entschlüpfte ihren Lippen.

Sie hasste es, wenn man ihr vorschrieb, was sie zu tun hatte. Zudem steigerte es die Angstgefühle, die in ihr hochkamen. Als ob er es bemerkt hätte, gab er ihr weitere Anweisungen: »Hast du ein Möbelstück, dass du vor die Tür schieben kannst, für diese Nacht?«

»Ja, eine Kommode.«

»Dann stell die sicherheitshalber bis morgen früh davor. Lade dein Mobiltelefon und bleib auf Empfang. Du rufst mich sofort an, wenn etwas ist. Hörst du?«

»Danke«, hauchte sie.

Diese übertriebene Vorsorge steigerte ihr Unbehagen. Aber dass er sich um sie kümmerte, tat ihr tief im Herzen wohl. Im Dilemma, ob sie sich freuen oder ängstigen sollte, fiel sie ins Bett. Zuvor hatte sie tatsächlich die Kommode vor die Tür gestellt. An Schlaf war nicht zu denken. Sie setzte sich an den Tisch, nahm ein leeres Blatt Papier und erstellte ein Mindmap. Einen Kreis für Janik Antonescu, daneben einen für seinen Gehilfen Alexandros. Weitere Felder mit den Namen der Rumäninnen, dem Fotostudio, dem *Hôtel Étoile*. Sogar Arlette Schwarzenbach und Abel Roi bekamen einen Platz auf der Zeichnung. Daneben skizzierte sie drei Affen. Sie verband die Kästchen mit Linien, bei denen eine Gemeinsamkeit vorhanden war.

Nebst diesem Freund von Janik Antonescu verdächtigte sie auch Pauline Roux, in die Angelegenheit verwickelt zu sein. Sie musste zugeben, dass außer der gegenseitigen Antipathie keine fassbaren Anhaltspunkte ersichtlich waren. Gegen 2 Uhr erwachte sie am Pult. Sie war über ihren Abwägungen eingeschlafen. Die Aufzeichnungen versteckte sie vorsorglich hinter der Toilettenspülung.

KAPITEL 19 / BESICHTIGUNG

Verschlafen betrat Laura ihr Büro. Der Kaffee wirkte nicht urplötzlich. Sie hätte sich am liebsten hinter ihrem Bildschirm verkrochen und in Ruhe die Schlagzeilen des Tages gelesen. Das wurde ihr von Arlette Schwarzenbach verwehrt, die sie umgehend sprechen wollte.

»Wie steht es um die Organisation der Hochzeit des Paares aus Dubai? Die Brautmutter hat gestern eine Mail an die Direktion versandt und sich beschwert, weil sie keine Neuigkeiten mehr bekommen hat.«

»Der Hochzeitsplaner und ich hatten die Details besprochen. Von meiner Seite ist alles geregelt. Ich schaue mir das aber gerne nochmals an. Können Sie mir sagen, was genau die Dame für Informationen wünscht?«

»Ich habe Ihnen die Nachricht weitergeleitet. Ich will, dass Sie das prioritär behandeln. Vor der Besprechung mit Monsieur Roi.«

»Besprechung? Davon weiß ich gar nichts.«

»Haben Sie Ihre Mails nicht gelesen?«

»Nein. Ich bin eben gekommen.«

»Dann schauen Sie mal nach. Monsieur le Président will Sie informieren und zusammen mit Brian Jones in die Stadt schicken. Dabei hätten wir, beziehungsweise Sie, wirklich Wichtigeres zu tun.«

»Das ist heute?«

»Was?«

»Mir wurde ein Stillschweigegebot angehängt. Tut mir leid.«

»Das ist ja ganz was Neues. Ich werde nicht mehr informiert.«

Das klang vorwurfsvoll und beinahe auch so, als wäre Arlette Schwarzenbach ein wenig beleidigt. Laura überspielte die peinliche Situation und fragte stattdessen: »Was können Sie mir über unseren Dauergast Brian Jones sagen?«

Ihre Chefin blieb eingeschnappt und fiel ihr ins Wort.

»Finden Sie es raus oder fragen Sie ihn doch selbst. Ich habe eine dringende Besprechung in der Personalabteilung.«

Sie entschwand und hinterließ einen Schwall ihres teuren Parfüms und eine übel gelaunte Laura. Der Unmut steigerte sich in Rage, als sie die angekündigte Mail nicht in ihrem Posteingang fand. Sie begab sich in Arlettes Büro und schaute in deren Computer nach, ob sie Zugriff hatte. Und siehe da, der Ordner mit der elektronischen Post stand offen.

Sie druckte die Mail der Dame aus Dubai aus. Auf dem Weg zum Drucker blieb ihr Blick an einer handgeschriebenen Notiz hängen. Es stach Laura in die Augen.

Dienstag, 17 Uhr, Autobahn Rastplatz Aire de repos Pertit. Nachschub aus Rumänien. X.

Was hatte das zu bedeuten? Wer ist X? Für wen war die Nachricht bestimmt? Warum lag sie bei der Schwarzenbach auf dem Pult? Welcher Dienstag war gemeint? Fragen über Fragen schwirrten Laura durch den Kopf. »Nachschub«, so abwertend. Empörung kroch in ihr hoch. Sie schlug mit der Faust auf die Pultplatte und fluchte wie ein Henker. Der Bildschirm vibrierte, und ihre Knie flatterten. So funktionierte das also. Sie hatte sich demnach nicht getäuscht. Ihre Chefin bestellte auf Abruf Mitarbeiterinnen aus Rumänien, und die beiden verschwundenen Frauen wurden problemlos ersetzt. Hatte sie deshalb einen dringenden Termin im Personalbüro? Heute war Freitag, es waren bisher keine neuen Anstellungen erfolgt. Es wäre also möglich, dass dies in den nächsten Tagen geschah. Der erste Impuls war, sie sofort zur Rede zu stellen. Aber dann kam ihr eine bessere Idee. Sie würde zeigen, was sie draufhatte. In ihrem Kopf entwickelte sich ein Plan. Sie schaute auf die Uhr. Da drohten Terminkonflikte. In einer halben Stunde hatte sie das Rendezvous bei Abel Roi. Die Beschwerde war noch nicht beantwortet. Sie durfte sich nicht länger in Arlettes Büro aufhalten. Aber sie schoss ein Foto von der Notiz. Unter Umständen war dieser fahrlässig liegen gelassene Zettel von Bedeutung. Den Ausdruck der E-Mail legte sie auf ihr Pult. *Wird nach Rückkehr von der Sitzung mit Abel Roi erledigt*, kritzelte sie mit besonderer Genugtuung auf den Briefkopf. Somit war dieses Problem im Moment vom Tisch.

Auf die Minute pünktlich erschien sie bei Abel Roi. Sie trafen sich wieder im Sitzungszimmer. Seine Wohnung war offenkundig tabu für Mitarbeiterinnen und Mitarbeiter. Das verstand Laura. Trotzdem hätte sie doch gerne einmal gesehen, wie ihr Chef so lebte. Möglicherweise würde sie es eines Tages erfahren.

»Sie werden heute mit Herrn Jones die Liegenschaft *Beau Séjour* von Marie Chevalley besichtigen. Wir haben vereinbart, dass Sie auf keinen Fall meinen Namen, den des *Hôtel le Président* und Ihren Arbeitsort nennen. Ihre Aufgabe besteht lediglich darin, als Sekretärin meines Beauftragten aufzutreten, wortlos die Gespräche mitzuverfolgen, alles genau anzusehen und Fotos aufzunehmen.«

Er schob ihr einen Vertrag zu.

»Bitte unterschreiben Sie diese Vereinbarung.«

Laura las sie genau durch. Sie verpflichtete sich, Stillschweigen zu bewahren, was den tatsächlichen Gönner der Liegenschaft betraf, und sich unter dem Namen »Erika Müller« vorzustellen.

In ihrem Innersten meldete sich Widerstand. Doch wieder einmal war die Neugierde stärker. Sie schadete mit dieser Handlung niemandem. Im Gegenteil, der *Schriftstellerverband* kam zu seinen Räumlichkeiten und die Mitarbeiter zu passablen Unterkünften. Sie sah keinen Schaden für Mensch oder Projekt. Deshalb unterschrieb sie das Papier.

»In dieser Tasche ist eine Perücke. Diese setzen Sie erst im Auto auf. Ist das klar?«

Sie nickte.

»Sprechen Sie den Betrag für die Liegenschaft?«, fragte sie.

»Im Moment handelt es sich nur um eine Bestandsaufnahme. Brian Jones und Sie geben mir eine Rückmeldung zu dem Besuch. Und Sie halten sich für einmal an die Abmachungen.«

Er nahm sie mit Habichtsaugen ins Visier. Lauras Wunsch, die Immobilie zu besichtigen, war immens. Sie wollte ihre gestalterischen Ideen einbringen. Dafür würde sie schweigen, Fotos aufnehmen und zuhören. Vielleicht schaffte sie es ja wirklich, einmal den Schnabel zu halten. Obwohl das schon eine hürdenreiche Herausforderung war.

»Haben Sie mich verstanden?«

Laura schaute ihn herausfordernd an.

»Alles begriffen.«

»Halten Sie sich an meine Anweisungen. Sie sind einfach die Sekretärin Erika Müller.«

Wieder diese überhebliche Art. Ihr blieb die Spucke weg. Sie ärgerte sich maßlos. Trotzdem nickte sie devot.

Beim Verlassen des Sitzungszimmers rief er ihr hinterher: »Über den Einbruch in Ihr Zimmer und die Konsequenzen sprechen wir später.«

Sie schaute sich nicht einmal um.

Vor dem *Hôtel le Président* wartete ein Taxi mit getönten Scheiben auf Laura. Der Fahrer öffnete ihr die Tür und ließ sie im Fond des Fahrzeuges Platz nehmen. Brian Jones saß schon tief versunken im Ledersitz.

»Sie sind also meine neue Sekretärin Erika Müller?«, fragte er spöttisch.

»Nur für begrenzte Zeit!«, gab Laura schnippisch zur Antwort. »Und erst ab dem Augenblick, in dem ich die Perücke übergezogen habe.«

»Ich wurde vorgewarnt. Man gab mir zu verstehen, dass Sie sehr pointiert sind.«

Statt einer Erwiderung zog sie die neue Haartracht aus der Tasche und stülpte diese gekonnt über ihre Frisur. Laura überließ selten etwas dem Zufall. Zuvor hatte sie sich kurz in ihrem Zimmer auf die neue Rolle und die Veränderung vorbereitet. Die falsche Haartracht musste krisenfest sitzen, das Make-up dezent aufgetragen sein, jedoch den Gesichtsausdruck verändern. Blieben noch die Körperbewegungen. Die sollten elegant erscheinen. Vielleicht klappte es damit. Den verräterischen Schalk in ihren Augen, der mit einer Brise Unsicherheit vermischt war, konnte die Verkleidung jedoch nicht kaschieren. Trotz aller Unwägbarkeiten freute sie sich ein bisschen auf die Rolle.

Im Verlauf der Fahrt schwiegen beide Taxipassagiere. Brian sah nur kurz auf, als er die wundersame Veränderung seiner Begleiterin erkannte. Dieser Jones brachte sogar ein Lächeln über sein Pokerface. Aber sie hatte den Eindruck, dass er sich lediglich mokierte. Sie schoss ihm einen giftigen Blick zu. Er vertiefte sich in Akten, die anscheinend wichtig waren. Es gelang ihr nicht, einen Einblick zu erhaschen. Die Armstütze zwischen ihnen war so breit wie ein Tisch. Sie versank im Sitz und betrachtete die belebte Straße in die Innenstadt.

Die Fahrt endete vor dem Gebäude, das in Zukunft das Haus der Schriftsteller werden sollte. Ihr Begleiter hatte die Unterlagen zur Seite gelegt und informierte Laura kurz angebunden, wie er gedachte vorzugehen.

»Sie haben es von Abel Roi gehört. Sie kommen mit, um zu schweigen. Kein Kommentar, kein Dreinreden, einfach den Mund halten. Hingegen können Sie sich desinteressiert und gelangweilt umsehen. Um ehrlich zu sein, ich hätte gern auf dieses Theater verzichtet.«

»Ich auch«, flüsterte es in Lauras Kopf.

Sie nickte und klopfte sich mit dem Zeigefinger auf die geschlossenen Lippen.

»Demnach haben wir uns verstanden?«

Es war eine Frage und zugleich eine Bestätigung. Wieder stimmte sie wortlos zu, indem sie nickte. Dieser Mensch würde keine Silbe von ihr zu hören bekommen.

Marie Chevalley, eine ältere Dame mit blondierter Kurzhaarfrisur, erwartete sie beim Eingang und lächelte sie freundlich an. Sie trug einen schicken Zweiteiler und hatte eine Aktenmappe unter den Arm geklemmt. Laura war überrascht, dass sie ohne Begleitung auftrat. Das musste eine gewandte, unabhängige Geschäftsfrau sein. Galant nahm Brian Jones ihre Hand und hauchte einen Kuss darauf.

»Ich bin entzückt, dass ich Sie endlich kennenlerne, Madame Chevalley.«

Sie schaute in skeptisch an und vergaß einen Moment weiterzulächeln.

»Und wenn haben Sie mitgebracht?«, fragte sie auf Laura blickend.

»Nur meine Sekretärin.«

»Wie bitte?«

Und schon war es um Lauras guten Vorsätze geschehen. Das Wort »nur« brachte sie aus der Fassung.

»Mein Name ist Laura …« Sie stockte. Nun war er raus. Der Name, den sie nicht hätte sagen dürfen. Sie korrigierte schnell.

»Laura Erika Müller.«

Die Blicke von Marie Chevalley durchbohrten sie. Laura fühlte sich beim Lügen ertappt, und ihre Backen färbten sich dunkelrot.

»Wie gesagt, meine Sekretärin. Sie wird ein paar Fotos aufnehmen und sich alles ebenfalls genau anschauen und protokollieren. Nicht wahr, Frau Müller?«

Hätten Blicke töten können, wäre Laura auf der Stelle tot umgefallen.

»Bitte folgen Sie mir.«

Marie Chevalley schritt souverän voran. Im Erdgeschoss lagen zu beiden Seiten des Eingangs zwei Geschäftsräume. Einer davon hatte einmal als Bistro gedient und war mit allem ausgestattet, was ein Ort für kulturelle Veranstaltungen sich wünschte. Viel Platz für Gäste, eine schlichte Bühne, eine Bar und dahinter die dazugehörige Küche. Laura war begeistert. Sie sah vor dem inneren Auge, wie sich die Autorinnen und Autoren auf der Bühne präsentierten, die Zuhörerinnen und Zuhörer an ihren kleinen Tischchen vor ihren Getränken saßen und ihren literarischen Disput genossen.

»Alles ist vorhanden, um einen lebendigen Begegnungsort für Kulturschaffende zu erschaffen.«

Und wieder vergaß sie, dass sie hätte schweigen sollen. Es floss einfach aus ihr heraus. Brian Jones kochte vor Wut, im Unterschied zu Marie Chevalley, die Freude hatte an den Äußerungen von Laura.

»Genauso habe ich es mir ebenfalls vorgestellt«, bestätigte die alte Dame.

»Mir schwebt ein alternatives Konzept vor«, warf Jones ein.

»Entschuldigen Sie bitte, dass ich vorgeprescht bin. Aber dieser Raum ist wie geschaffen für kulturelle Anlässe. Sicher kann man über die Gestaltungsart verschiedener Meinung sein.«

Laura versuchte, von ihrem Fauxpas abzulenken.

»Im Moment ist es zu früh, darüber nachzudenken, was daraus einmal entsteht. Zuerst müssen die Frage der Finanzierung und die Kosten der notwendigen Renovierungsarbeiten geklärt werden.«

Brian Jones war genervt.

»Aber …«

»Frau Müller, bitte.«

»Ja, natürlich. Entschuldigen Sie. Dann nehme ich nun Fotos auf. Ist das recht?«

»Das ist Ihre Aufgabe. Nichts anderes.«

Laura hörte den Vorwurf in seiner Stimme. Sie war mit ihren Vorsätzen wieder einmal auf der ganzen Linie gescheitert. Mister Jones schien andere Ziele zu verfolgen. Hoffentlich hatten ihre Eskapaden keine negativen Auswirkungen auf ihr Arbeitsverhältnis.

Der Raum auf der anderen Seite des Haupteingangs wäre aus Lauras Sicht geeignet für Weiterbildungen, Zusammenkünfte und eine Bibliothek. Sie behielt ihre Meinung jedoch für sich. Nur nicht in ein weiteres Fettnäpfchen treten, war ihre momentane Devise.

Mit einem antiken hölzernen Aufzug in einem Schacht mit feinen Metallgittern fuhren sie bedächtig in die erste Etage. Marie Chevalley schwelgte in Erinnerungen. Brian Jones sah Eigentumswohnungen für das gehobene Segment, die er beabsichtigte zu verkaufen. Laura freute sich, dass sie einen geeigneten Ort für Personalunterkünfte gefunden hatte. Jeder weilte kurz in seiner eigenen Welt. Bis Marie Chevalley unerwartet fragte: »Und was sehen Sie hier, Frau Müller?«

Brian Jones fuhr dazwischen: »Sie nimmt nur Fotos auf. Ihre Meinung ist nicht gefragt. Nicht wahr?«

»Natürlich habe ich dazu interessante Vorstellungen. Aber ich gehe jetzt meiner Aufgabe nach.«

Sie wandte sich ab und ließ die beiden stehen.

»Die oberen Etagen sind geeignet für Eigentumswohnungen. Damit könnte der Verband einen Teil des Kaufpreises und der Renovierung wieder einspielen.«

»Wie bitte?« Marie Chevalley fuhr ihn harsch an. »Das Gebäude wird kein Renditeobjekt«, schob sie empört nach.

»Ich habe mich versprochen. Entschuldigen Sie. Ich beabsichtigte zu sagen ›Wohnraum‹. Wissen Sie, ich bin so viel mit Immobilien beschäftigt, dass ich manchmal die Projekte verwechsle. Sie verstehen? Zudem ist Französisch nicht meine Muttersprache.«

Laura hatte alles mitgehört. Sie näherte sich den beiden. Wieder einmal gelang es ihr nicht, den Mund zu halten.

»Hier könnten auch kostengünstige Unterkünfte für ausländische Arbeitskräfte entstehen, die hier für einen Hungerlohn arbeiten.«

»Haben Sie einen konkreten Plan?«, hakte Frau Chevalley ein.

Laura überlegte kurz. Anscheinend war es nun wirklich angezeigt, dass sie nichts vom Hotel verriet. Aber Lügen waren keine Alternative. Laura hatte schon bei der Begrüßung gespürt, dass die alte Dame eigenständig denken und analysieren konnte. Mit Sicherheit war ihr nicht entgangen, dass bei dieser Besichtigung nicht mit offenen Karten gespielt wurde und jemand versuchte, sie zu täuschen.

»Ich kenne viele Arbeitnehmer, die kein Zuhause finden in Montreux. Sie leben deshalb zu viert in einem Zimmer. Die Miete ist immens. Für diese Leute sollte es Möglichkeiten geben, dass sie hier nicht nur arbeiten, sondern auch zu angemessenen Bedingungen Wohnraum finden.«

»Das ist der Grund, weshalb ich gedenke, das Gebäude abzugeben. Es soll kulturellen und sozialen Zwecken dienen. Wissen Sie, ich habe keine Nachkommen und möchte, dass dieses Haus nicht Spekulanten in die Hände fällt. Darum habe ich mich an den *Schriftstellerverband* gewendet. Ich verstehe, dass diese nicht über die Finanzen verfügen und einen Gönner brauchen für die Umsetzung. Deshalb bin ich auf der Suche nach Gleichgesinnten, die in die gleiche Bresche hauen wie ich.«

»Ich empfinde große Hochachtung für Ihr Vorhaben und hoffe, dass aus dieser Teilschenkung etwas von enormer Tragweite entsteht.«

Laura verneigte sich vor Marie Chevalley. Brian Jones lächelte verkniffen, senkte jedoch sein Haupt ein klein wenig.

»Übrigens habe ich etwas noch gar nicht erwähnt: Ich muss eine Auflage erfüllen. Mein Vater hat mir in seinem Testament verboten, die Immobilie zu verschenken. Er hat meinen Hang zur Großzügigkeit gekannt. Ich bin genötigt, dafür einen Mindestbetrag von 100.000 Franken zu verlangen. Diesen Betrag hat anscheinend damals mein Urgroßvater für den Kauf ausgegeben.«

»Und die Renovierungskosten?«, fragte Jones.

»Die übernimmt der neue Besitzer. Der bekommt die Immobilie immerhin zu einem Spottpreis. Da erwarten Sie doch nicht etwa, dass ich noch Geld reinstecke?«

Die Antwort von Marie Chevalley kam wie aus der Pistole geschossen. Laura lächelte verschmitzt.

»Und noch eine Ergänzung. Im Kaufvertrag wird es eine Klausel geben, dass das Gebäude in den nächsten 50 Jahren nicht verkauft werden darf. Zudem soll nur ein minimaler Gewinn erwirtschaftet werden, um die Unkosten zu decken und Neuerungen zu ermöglichen.«

Laura sah zu, wie sich Brian Jones' Gesichtszüge verkrampften und die Haut gelblich anlief. Die Hände formten sich zu Fäusten. Nun war er es, der kein Wort mehr sprach, bis sie sich von Marie Chevalley verabschiedeten. Auf der Rückfahrt blieb er stumm. Von Zeit zu Zeit richtete er seinen Blick auf Laura. Sie erkannte an seiner Miene, dass er sie am liebsten erwürgt oder ihr sonst etwas angetan hätte. Sie befürchtete, dass ihr eine heftige Aussprache mit Abel Roi bevorstand. Wie diese für sie ausgehen würde, stand in den Sternen geschrieben. Ihr war klar, dass Jones kein gutes Wort über sie verlieren würde. Im Fall eines Misserfolgs schöbe er die Schuld bestimmt auf sie, weil sie sich nicht an die Abmachungen gehalten hatte.

KAPITEL 20 / NACHSCHUB

Nach der Rückkehr verzog sich Laura sofort in ihr Zimmer. Sie hatte keine Lust, sich den Fragen von Arlette Schwarzenbach zu stellen. Abel Roi hatte ihr Stillschweigen auferlegt. Das hieß für sie, dass sie ihre Vorgesetzte nicht über den Ausflug informieren durfte. Noch mehr fürchtete sie sich davor, von Abel Roi zu sich zitiert zu werden. Sie ließ sich aufs Bett fallen und zückte ihr Handy. Sie schaute sich die Fotos der Besichtigung an. Dabei stieß sie auf das Bild, das sie von der Notiz auf dem Pult von Arlette Schwarzenbach aufgenommen hatte. Sie überlegte sich, wie sie herausfinden konnte, wer diesen Nachschub lieferte und wie das so ablief. Und natürlich hatte sie sofort eine geniale Idee. Spontan schrieb sie eine Nachricht.

»Hans, ich habe eine Story für dich. Können wir uns einmal treffen?«

Es vergingen keine fünf Minuten, bis ihr ehemaliger Schulkollege Antwort auf ihre SMS gab.

»Wann immer dir danach ist. Freue mich.«

Sie verabredeten sich am selben Abend gegen 21 Uhr im Bistro an der Seepromenade. Laura schaltete ihr Handy aus. Sie wollte von niemandem gestört werden. Dann fiel ihr ein, dass sie versprochen hatte, die Mail der Kundin aus Dubai zu beantworten. Andere Arbeit türmte sich ebenfalls auf ihrem Pult. Deshalb beschloss sie, sich ins Büro zu verziehen und so viel wie möglich abzuarbeiten. Sie war froh, dass Arlette Schwarzenbach außer Haus war und sie von niemandem gestört wurde. So kam sie zügig voran. Beruhigt, was die Arbeit betraf, und nervös wegen des Treffens spazierte sie später Richtung See. Sie hatte Hans eine Geschichte versprochen, die eventuell wie eine Seifenblase zerplatzen könnte. Zudem hatte sie ihm gegenüber Vorbehalte. Sie fand ihn durchaus unterhaltsam. Tiefere Gefühle zu ihm entwickelten sich jedoch nicht. Außerdem hatte er sie mit der Frage nach internen Informationen zu Abel Roi verärgert. Es war ihr zuwider, ausgenützt zu werden. Wobei sie sich insgeheim eingestand, dass sie im Moment genau eine solche Aktion vorhatte. Sie brauchte ihn für ihre Zwecke. Gewissensbisse meldeten sich bei ihr. Sie ignorierte sie einfach. Wieder einmal hat sich ihr Tatendrang durchgesetzt.

Er umarmte sie innig. Für ihren Begriff zu herzlich. Anderseits merkte sie, dass sie körperliche Nähe vermisste und es ihr guttat. Sie blieb ein wenig länger in seinen Armen und genoss es. Dann löste sie sich abrupt.

»Kommen wir zum geschäftlichen Teil«, erklärte sie wild entschlossen.

»Zuerst bestellen wir uns eine Flasche Wein aus der Region, stoßen an, und hinterher legst du los. Es läuft uns nichts davon, oder?«

Sie gab sich geschlagen. Hans bestellte einen *Garanoir* eines bekannten Weinkellers in Montreux. Enthusiastisch berichtete er von seiner Arbeit mit den Organisatoren des Jazz Festivals.

»Es ist unglaublich, welche Energie diese Menschen in das Projekt stecken. Schon jetzt läuft die Planung für das nächste Jahr auf Hochtouren. Ich werde eine geniale Reportage liefern. Es lohnt sich, dass ich meine Zeit hier in Montreux verbringe. Auch weil ich dich wieder getroffen habe.«

Er schaute ihr tief in die Augen.

»Lass uns anstoßen!«

Sie war nicht imstande, dem Blick zu widerstehen, und lächelte ihm freundlich zu. Die Brombeer-Aromen des Weins, die ihr in die Nase stiegen, lenkten sie jedoch ab. Sie zog den Duft ein und nahm genüsslich den ersten Schluck, nachdem sie ihm zugeprostet hatte. Im Gaumen wiederholten sich die fruchtigen Noten. Zugleich verspürte sie die weichen Tannine und freute sich am langen Abgang. Ein zufriedener Seufzer löste sich aus ihrem Innersten. Dann besann sie sich jedoch auf den Grund ihres Treffens.

»Nun zu meinem Anliegen. Ich bin da, weil …«

»… du mich gern hast?«

»Lass den Unsinn. Ich brauche dich für eine Recherche. Ich habe aus zuverlässiger Quelle erfahren, dass am Dienstag ein Bus mit Rumäninnen ankommt. Die werden als billige Arbeitskräfte angeboten. Irgendjemand verdient damit Geld.«

»Das ist an der Tagesordnung. Wenn die Personen eine Bewilligung haben, ist das legal. Daran ist nichts auszusetzen.«

»Trotzdem. Ich werde das Gefühl nicht los, dass mehr dahintersteckt.«

»Eine Ahnung führt nicht zu einer geeigneten Story. Da braucht es eine Sensation. Und vor allem kompromittierende Fakten.«

»Lass mich erklären.«

Sie erläuterte ihm die Arbeitsbedingungen der Mitarbeiterinnen im Hotel, erzählte von der toten Svetlana, der verschwundenen Olga und der Notiz auf Arlettes Pult.

»Das ist unschön. Es ergibt aber keinen Zusammenhang mit dieser Einreise von Frauen. Jedoch einen Bericht über ein ermordetes Zimmermädchen …«

»Das lässt du bleiben. Die Polizei kümmert sich darum. Wobei ich das Gefühl habe, dass die den Todesfall und die Suche nach der Vermissten auf die leichte Schulter nehmen.«

»Mich reizt eine ausführliche Geschichte über die Tote. Ich habe nur eine kurze Notiz in der Zeitung gelesen. Das ist Stoff für eine Story.«

»Hans, du bist unmöglich. Ich will auf keinen Fall, dass du darüber einen Artikel schreibst. Hast du verstanden?«

»Was genau hast du denn so für mich geplant?«

»Am Dienstag fährst du mit mir zum Rastplatz. Dort machst du Fotos vom Bus, den Menschen und allem Drumherum. Die Bilder bekomme ich.«

»Und warum gehst du nicht selbst hin?«

»Weil ich da jemand treffen könnte, der mir gefährlich geworden ist.«

Sie nahm ihr Glas und nahm einen zünftigen Schluck Wein. Er schaute sie erstaunt an.

»Wie hast du das geschafft?«

»Ich war gezwungen, einem rumänischen Angestellten zu kündigen, weil er Wein aus dem Hotellager entwendet hat. Er hat mir Rache geschworen und mich auch schon verfolgt. Ich vermute, dass er in die Vermittlung der Personen einbezogen ist. Zudem befürchte ich, dass jemand aus unserem Betrieb zum Parkplatz kommen wird. Ich möchte nicht in Erscheinung treten.«

»Und dafür benützt du mich?«

Sie schaute verlegen weg und überlegte einen Moment. »Das würde ich nicht so sagen. Du hilfst mir, und ich gebe dir stattdessen Input für eine Reportage und vielleicht sogar ein wenig Insiderwissen über unser Hotel, insbesondere über Abel Roi. Du wolltest doch mehr zu dem Förderer des *Montreux Jazz Festivals* wissen?«

Seine Augen zwinkerten, seine Lippen verzogen sich zu einem Lächeln. Sie begriff, dass sie ihn auf ihre Seite gezogen hatte und er die Aufgabe übernehmen würde. Den Rest des Abends sprachen sie über Musik, zukünftige Reisepläne und Karrierewünsche. Sie entspannte sich zunehmend. Ob es am Wein lag oder der harmonischen Stimmung, war ihr egal. Er begleitete sie zum *Le Président*. Im Park des Hotels blieb er stehen, drehte sich zu sich und nahm sie in die Arme. Im ersten Moment ließ sie es zu. Dann löste sie sich auf der Umarmung.

»Hans, bitte nicht. Ich erkläre dir das eines Tages.«

Sie hatte sich fest vorgenommen, sich auf keine Beziehung mehr einzulassen. Andererseits gestand sie sich ein, dass sie die vergangenen Stunden mit ihm genossen hatte. Ihr fehlte ein Gegenüber, um über ihre Probleme zu sprechen. Sie vermisste Zärtlichkeiten. Sie wünschte sich, geliebt zu werden und zu lieben. Aber wie so oft bei ihr widersprachen sich die Wünsche, und genau dieses Paradoxon löste eine düstere Stimmung in ihr aus. Mit einem kurzen Gutenachtgruß verabschiedeten sie sich voneinander.

KAPITEL 21 / REAKTION VON ABEL ROI

Abel Rois Reaktion ließ nicht lange auf sich warten. Am selben Abend hatte er erfolglos versucht, Laura telefonisch auf ihrem Handy zu erreichen. Sie hatte es bewusst ausgeschaltet und die Anrufe im Büro nicht entgegengenommen. Arlette Schwarzenbach war auch nicht in der Lage, ihm Auskunft zu geben. Sie hatte einen Termin außer Haus. Zudem war sie beleidigt, dass sie weder vom Hotelbesitzer noch von ihrer Assistentin in die Pläne eingeweiht worden war. Die Suche nach Laura verlief im Sande. Monsieur le Président kochte vor Wut, und die Hotelmanagerin freute sich heimlich wie ein kleines Kind.

Schon beim Personaleingang wurde Laura nach ihrer nächtlichen Eskapade abgefangen. Sie wurde von einem Pagen erwartet, der ihr befahl, umgehend den Konferenzraum aufzusuchen. Ihr schwante Ungemach. Auf dem Weg zu der Aussprache überlegte sie Antworten auf die möglichen Fragen. Grundsätzlich hatte sie keine strafbare Handlung begangen. Nur halt eben ihren richtigen Vornamen genannt und ihre Meinung kundgetan. Sie atmete tief durch, bevor sie anklopfte und auf sein »Herein« eintrat.

Der Patron stand am Fenster, schaute auf den Genfersee und kehrte ihr den Rücken zu. Erleichtert stellte sie fest, dass Brian Jones nicht zugegen war. Sie grüßte und wartete. Es kam ihr vor, als würde die Zeit nicht vergehen. Sie wurde ungeduldig und beschloss, in die Offensive zu gehen.

»Monsieur Roi, ich bin mir bewusst, dass ich mich bei dem Gespräch mit Madame Chevalley nicht wie abgesprochen verhalten habe. Aber es war mir nicht möglich, diese scharfsinnige Dame zu belügen. Der richtige Vorname ist mir einfach so rausgerutscht. Zudem bemerkte sie die Ungereimtheiten. Und was die Nutzung des Gebäudes angeht, habe ich meinen sogenannten Vorgesetzten korrigiert.«

So, jetzt war er dran. Sie hatte das Wichtigste vorgebracht. Langsam drehte er sich zu ihr um und fixierte sie mit zusammengezogenen Brauen.

»Frau Chevalley hat sich bei unserem Anwalt gemeldet. Sie hat den Braten gerochen und weiß jetzt Bescheid, dass ich der Gönner bin. Sie besteht darauf, in Zukunft nur mit Ihnen zu verhandeln. Brian Jones ist ›Persona non grata‹. Tritt er in irgendeiner Form wieder in Erscheinung, bricht sie die Verhandlungen ab.«

Laura fiel aus allen Wolken. Sie schnappte nach Luft. Ein Glücksgefühl, vermischt mit Ehrfurcht, bemächtigte sich ihrer. Sie kannte sich in der Immobilienbranche nicht aus. Informationen zu ihrem Arbeitgeber besaß sie keine. Über die Hintergründe des Streits mit Frau Chevalley war sie nicht aufgeklärt worden. Für weitere Besprechungen benötigte sie tiefere Einblicke.

»Vorgesetzten zu widersprechen, ist wohl eine Ihrer Lieblingsbeschäftigungen?«

»Wie bitte?«

»Lassen wir das.«

»Ich bin erstaunt. Doch muss ich gestehen, dass die Chemie zwischen Madame Chevalley und mir von Anfang an zu stimmen schien. Sie ist eine außergewöhnliche Dame, zudem sehr geschäftstüchtig und trotzdem sozial.«

»So ist sie mir auch in Erinnerung.«

»Sie kennen Sie von früher?«

Laura wartete gespannt auf eine erhellende Antwort. Sie hatte vermutet, dass es eine Vorgeschichte gab, die er ihr bis anhin nicht anvertraut hatte. Deshalb hatte er diesen Brian Jones als Strohmann zu dem ersten Treffen geschickt.

»Ich habe mich entschlossen, dem Schriftstellerverband den Betrag zur Verfügung zu stellen. Obwohl ich das Haus nicht wie geplant in ein paar Jahren erwerben kann. Die Möglichkeit das Problem der Personalwohnungsnot zu speziellen Mietkonditionen zu lösen, ist mir wichtig.«

Ein Stein fiel Laura vom Herzen. Sie wagte aber nichts zu antworten. Abel Roi fuhr fort: »Da wir bei diesem Projekt intensiv zusammenarbeiten werden, gebe ich Ihnen die Hintergrundinformationen. Bitte setzen Sie sich.«

Er deutete mit der Hand auf zwei bequeme Sessel in einem Erker. Aufmerksam hörte sie sich die Geschichte an. Vor 15 Jahren stand das *Hôtel le Président* zum Verkauf. Beide, Madame Chevalley und Monsieur Roi, zeigten Interesse daran. Abel bekam den Zuschlag. Ob er einen Verfahrenstrick angewendet hatte, verriet er ihr nicht. Laura vermutete jedoch, dass nicht alles mit rechten Dingen zugegangen war.

»Dies ist der Grund, weshalb ich nicht selbst in Erscheinung treten wollte. Aber unsere clevere Lady hat nicht lange gebraucht, um herauszufinden, dass ich hinter der

Absprache stecke. Sie hat dem Anwalt mitteilen lassen, dass sie mit dem Verkauf der Altstadtliegenschaft *Beau Séjour* einverstanden ist, aber nur an den Schriftstellerverband und unter der Bedingung, dass die ›Sekretärin‹ des Gönners mit ihr zusammen die Grundlagen für den Vertragsabschluss erstellt. Ich frage mich, wie Sie das angestellt haben, Frau Pfeiffer?«

»Ich bin in dieses Haus eingetreten und wurde davon verzaubert. Schon beim Eintreten habe ich gesehen, welches Potenzial darin liegt. Marie Chevalley scheint meine Begeisterung wahrgenommen zu haben. Ein paar Gedanken dazu sind mir rausgerutscht. Die alte Dame und ich verfolgen dieselben Ziele.«

»Im Gegensatz zu Brian Jones?«

»Fatalerweise hat er angedeutet, dass er gedenkt, die Wohnungen in den Obergeschossen zu Eigentumswohnungen umzubauen und zu verkaufen.«

»Hat er das so gesagt?«

»So habe ich es verstanden.«

Abel Roi blieb stumm. Sie überlegte, ob sie das nicht hätte erwähnen sollen. Hatte sie es falsch aufgefasst oder nicht richtig interpretiert? Er schwieg weiterhin. Dann verabschiedete er sie brüsk.

»Danke, Frau Pfeiffer. Es ist spät. Sie hören wieder von mir.«

»Ich habe noch eine Frage.«

»Die wäre?«

»Frau Schwarzenbach scheint beleidigt, weil ich nichts über das Projekt verraten habe und sie von Ihnen nicht informiert wurde. Nun hat sich die Situation verändert. Darf ich nun mit ihr darüber sprechen?«

»Das übernehme ich persönlich. Sie haben nach wie vor Stillschweigen zu wahren, bis der Verkauf vollzogen ist.«

Erleichtert über die Wendung des Geschehens und trotzdem verunsichert hielt sie auf dem Weg zu ihrem Zimmer inne. 1000 Gedanken beschäftigten sie. Überließ Abel Roi ihr wirklich die Verhandlungen mit der alten Dame? Und was war, wenn seine Anwälte eine andere Lösung anstrebten? Wie reagierte Brian Jones auf die Abfuhr? Sie stellte sich auch die Frage, die Hans aufgeworfen hatte. Woher kamen die Mittel für die Finanzierung dieses Projekts? Sie würde es erfahren. Dafür sah sie verschiedene Vorgehensweisen. Erste Auskunftsquelle war Arlette Schwarzenbach. Morgen würde sie mal diskret nachfragen. Dann hatte sie Beziehungen zu einem Polizisten. Ob Pedro eventuell weitere Informationen über polizeiinterne Quellen anzapfen konnte, frage sie sich. Dabei fiel ihr ein, dass sie ihm schon lange nicht mehr geschrieben hatte. Sie nahm sich vor, gleich eine Mail zu schreiben und die Frage aufzuwerfen. Antworten bekam sie sicher. Für den Augenblick hieß es warten und sich in Geduld üben. Leider war das nicht ihre große Stärke.

KAPITEL 22 / PEDRO LUKIC

Pedro Lukic erlebte turbulente Herbstmonate. Ein Fall, der auf die Coronazeit zurückging, beschäftigte ihn. Damals hatte er in einer Gaststätte mit Arbeitskollegen eine Kontrolle durchgeführt. Im Lokal waren fünf Tische mit Gästen besetzt. Die Besucher wurden gebeten, ihre Covid-Impfzertifikate vorzuweisen. Sie hatte keine dabei. Ein Paar weigerte sich sogar, die Papiere vorzulegen. Theoretisch wäre es in der Verantwortung des Gastronomen gewesen, die Urkunden der Kunden zu prüfen, bevor er Einlass gewährte. Der Wirt war als Coronaskeptiker bekannt und hielt sich nicht an die gültigen Anordnungen. Nach wiederholten Verstößen drohte die Polizei dem Restaurantbesitzer mit einer Festnahme. Dieser weigerte sich, die rechtlich bindenden Kontrollen auszuführen. Die Walliser Regierung beschloss aus diesem Grund, das Restaurant zu schließen. Der Gastronom wurde festgenommen. Nach einem rechtlichen Hickhack zwischen den Behörden und der Staatsanwaltschaft wurde der Wirt wieder freigelassen und zu einer Geldbuße verurteilt.

Die Polizei in Zermatt war auf der Hut. Drohungen seitens des Beschuldigten, die in sozialen Medien kursierten, mussten ernst genommen werden. Ebenso der Umstand, dass der Gastwirt nach der Freilassung versuchen könnte, sich in irgendeiner Form zu rächen. In der Szene der Verschwörungstheoretiker hatte das in ihren Augen brutale Einschreiten der Polizei gegen den Wirt und die Schließung des Restaurants für Wirbel gesorgt. Es kam deswegen zu Kundgebungen im Bergdorf.

Dies war aber nicht der einzige Fall. Auch die Familie Blatter, die durch die Aufdeckungsgeschichte von Laura in die Schlagzeilen geraten war, zeigte ihm die kalte Schulter und mit ihr der ganze Clan. Seine Arbeit wurde behindert wo nur möglich. Gerüchte und Desinformationen wurden anonym gestreut. Er sah sich gezwungen, kurze Falschaussagen durch seitenlange Rechtfertigungen zu widerlegen. Er überlegte sich ernsthaft, ob er nicht eine Versetzung beantragen solle. Und da meldeten sich noch Zukunftsträume. Je älter er wurde, umso mehr wünschte er sich eine eigene Familie und einen Ort, wo er sich zu Hause fühlte. Hier im Bergdorf, am Fuß des Matterhorns, sah er keine Zukunft. Eine Alternative sah er. Mit Laura wäre ein Neuanfang vorstellbar. Er hatte sich in sie verliebt. Allerdings hatte er ihr dies bis heute nie klar gestanden. Er freute sich, dass sie per Mail in Kontakt geblieben waren. Das reichte ihm jedoch nicht mehr. Er nahm sich vor, demnächst wieder einmal mit ihr zu telefonieren und ein Treffen zu vereinbaren.

In diesem Moment poppte eine Nachricht auf. Er traute seinen Augen nicht. Lauras Namen hatte eine Mail geschrieben. Das war Gedankenübertragung.

»Pedro, bist du zu Hause und hast du Zeit? Obwohl es spät ist, würde ich gerne anrufen.«

Er griff zum Telefon.

»Ich habe eben an dich gedacht und mich gefragt, weshalb wir eigentlich nie telefonieren. Ich freue mich über ein Gespräch.«

Er hörte ein Aufatmen.

»Anrufen ist schwierig, weil wir beide unregelmäßige Arbeitszeiten haben. Aber nun hat es geklappt.«

»Ja. Im Moment führe ich keine privaten Gespräche in der Dienstzeit. Die Arbeitsatmosphäre ist massiv gestört. Ich stehe in der Kritik. Manche würden mich zu gerne aufs Abstellgleis schieben.«

»Das tönt nicht verheißungsvoll. Ist es etwa noch wegen der Geschichte mit der Familie Blatter?«

»Nicht primär«, wiegelte er ab. Sie sollte nicht das Gefühl bekommen, an der Situation schuld zu sein.

»Wegen mir?«

Sie verstand es sofort. Bis heute hatte er in seinen E-Mails nie erwähnt, welche Auswirkungen die Aufdeckung des Immobilienhandels und der Geldwäscherei mit sich gebracht hatten.

»Es gibt zudem den Fall der Coronaskeptiker. Und die Summe von allen Ereignissen hat mich dazu bewegt, über eine Versetzung nachzudenken.«

»Du überlegst, von Zermatt wegziehen?«

»Ja.«

»Und was wäre dein Wunschziel?«

»Das kommt darauf an.«

»Auf was?«

»Nun, um ehrlich zu sein, auf das familiäre Umfeld.«

»Das heißt?«

»Laura, bitte mach es mir nicht so schwer. Ich habe dich

ins Herz geschlossen. Es gefiele mir, die Zukunft mit dir zu planen.«

Sie war sprachlos. Natürlich empfand sie Gefühle für ihn. Sogar sehr starke. Aber sie hatten bisher nie von Liebe und einer Beziehung gesprochen. Und nun wollte er schon über ein gemeinsames Leben sprechen. Das ging ihr zu schnell. Sie fühlte sich überrumpelt. Die Gedanken schwirrten nur so durch ihren Kopf.

»Hallo Laura, bist du noch dran?«

»Ja.«

»Was, ja?«

»Ja. Ich höre dich.«

»Und was sagst du dazu?«

»Es besteht Gesprächsbedarf. Bei einem Treffen ist das einfacher als am Telefon.«

»Wann hast du einmal zwei Tage frei? Ich könnte mal nach Montreux kommen.«

»Ich habe meinen Dienstplan nicht im Kopf. Er wechselt auch ständig. Zurzeit arbeite ich neben dem Alltagsjob noch an der Planung für die Förderung eines kulturellen Projektes. Das nimmt viel Zeit in Anspruch, und ich kann nie genau sagen, wann neue Termine dazukommen. Ich unterbreite dir per E-Mail ein paar Vorschläge.«

»Und hast du schon Ideen, was wir dann gemeinsam unternehmen könnten und wo ich übernachte?«

»Ich schick dir ein paar Vorschläge. Jedenfalls würde ich mal gerne das Schloss Chillon besichtigen. Das habe ich schon lange auf dem Plan.«

»Prima. Dann warte ich auf deine Nachricht. Ich freue mich.«

Er hatte bemerkt, dass sie ausweichend auf seine Andeutungen reagiert hatte. Er zweifelte, ob es eine gute Idee gewesen war, ihr am Telefon so viel zu offenbaren. Sie musste sich überrumpelt vorgekommen sein. Trotzdem hatte sie sich nicht gegen ein Treffen ausgesprochen.

Da er sie endlich am Telefon hatte, wollte er es ein wenig auskosten und nicht gleich einhängen. Deshalb fragte er sie nach dem Stand der Ermittlungen im Todesfall der rumänischen Mitarbeiterin.

»Die Polizei hat sich nicht wieder bei uns gemeldet. Auch nicht in Bezug auf die verschwundene Olga. Ich würde zu gerne wissen, ob die überhaupt noch daran arbeiten.«

»Soll ich die Kollegen einmal darauf ansprechen und ein bisschen sondieren?«

»Würdest du das tun?«

»Ja. Warum nicht?« Er hoffte, damit sein Vorpreschen etwas zu kompensieren.

»Weißt du, es kommt demnächst wieder ›Nachschub‹. So nennt der Headhunter billige Arbeitskräfte aus dem Osten. Und ich möchte nicht, dass sich die tragische Geschichte von Svetlana und Olga wiederholt.«

»Was reimst du dir da schon wieder zusammen?«

»Ich habe so meine Quellen.«

»Und glaubst du, dass es etwas damit zu tun hat, dass sie aus den Oststaaten kommen?«

»Wäre möglich. Das kläre ich noch ab.«

»Laura, bist du etwa wieder dran, Nachforschungen anzustellen?« Seine Stimme tönte beunruhigt.

»So kann man das nicht nennen. Aber ich behalte es im Auge.«

Für seine Begriffe klang das schon wieder nach privaten Ermittlungen. Und das gefiel ihm gar nicht. Seine Gemütsregungen drangen durch den Äther. Deshalb dämpfte sie ihre Aussage gleich ab, indem sie zufügte: »... nur wenn mir Zeit bleibt.«

Er kannte sie gut genug, um zu wissen, was das bedeutete. Er würde sie bei seinem Besuch darauf ansprechen. Sie musste vorsichtiger werden und durfte sich nicht um Angelegenheiten kümmern, die sie besser in die Hände von Profis übergab.

KAPITEL 23 / AUTOBAHNRASTSTÄTTE

Die Fahrt auf der Autobahn nahm Laura beinah den Atem. Vom Beifahrersitz bestaunte sie die Aussicht auf den Genfersee und die umliegenden Berge. Das Wasser glänzte im Sonnenlicht. Die Blautöne variierten zwischen blau und aquamarin. Kurz gesagt, Laura betrachtete eine Postkartenidylle. Hans hielt ihr einen Vortrag über die Region: »Die Weinterrassen des Lavaux gehören seit 2007 zum Weltkulturerbe der UNESCO. Die Schönheit der Gegend entstand durch den Rückgang des Rhonegletschers und die Arbeit der Zisterzienser-Mönche. Diese bauten im zwölften Jahrhundert kilometerlange Steinmauern und Terrassen auf. Diese werden von den Weinbauern heute noch gehegt und gepflegt. Dank der Sonnenbestrahlung tagsüber und der Rückstrahlung des Genfersees und der Wärme, die die Mauern nachts abgeben, reifen die Trauben besser als in anderen Teilen des Landes.«

Laura hörte ihm zu und schaute sich um. Einige Weinhänge leuchteten noch in herbstlichen Farben. Andere hatten Rebstöcke mit verdorrten braunen Blättern oder standen bereits nackt da. Der Winter näherte sich mit großen Schritten. Sie war schon ein paar Wochen in Montreux und hatte von der Gegend wenig zu Gesicht bekommen. Ein

Schiff fuhr Richtung Chillon. Das gleichnamige Schloss auf dem Felsen am Ufer des Sees verströmte eine seltsame Faszination. Sie hatte mit Pedro abgemacht, den Prachtbau der Savoyer zu besuchen. Der Anruf mit ihm hatte ein Wechselbad der Gefühle in ihr ausgelöst. Er hatte ihr seine Liebe gestanden und beabsichtigte einen Abstecher nach Montreux. In Gedanken plante er seine Zukunft. Sie spielte darin eine Rolle. Sie selbst kümmerte sich vordergründig nur um ihre Karriere. Aber im Hinterkopf beschäftigte sie die Familienplanung durchaus. Etwas bereitete ihr Sorgen. Männliche Wesen begeisterten sie im Handumdrehen. Wenn es dann jedoch um Nähe, Zutrauen und Liebe ging, blockierte sie innerlich. Aber vorerst war sie in anderer Aufgabe unterwegs. Sie hatte Hans versprochen, dass sie ihn zum Autobahnrastplatz begleitete. Sie wollte aus dem Auto beobachten, was rund um die Übergabe der Mitarbeiterinnen passierte. Sie hatte sich wieder die Perücke aufgesetzt, die sie bereits für die Besichtigung des Schriftstellerhauses getragen hatte. Abel Roi hatte dafür keine Verwendung mehr. Dazu trug sie eine dunkle Sonnenbrille.

»Ich kenne dich gar nicht in dieser Aufmachung. Du siehst aus wie eine Schauspielerin, die nicht erkannt werden will«, spottete ihr Begleiter. Laura fand die Bemerkung zwar treffend, aber nicht lustig. Sie hatten abgemacht, dass Hans wie andere Touristen mit der Kamera auf dem Aussichtspunkt stehend die Gegend und vor allem die Ankunft des Busses und die Personen festhalten solle. Kurz vor 17 Uhr gelangten sie auf den Parkplatz, der außerhalb der Stadt in der Höhe gelegen war. Von hier hatte man eine Übersicht über die ganze Weinregion, den See und Montreux. Aber die beiden waren nicht deshalb hierhergekommen. Sie warteten auf die Ankunft des Reisebusses. Laura sah, wie Janik mit einem Van angefahren kam. Er stieg sofort aus, schaute sich um, zündete eine Zigarette an und griff zu seinem Handy. Sie war überrascht, ihn zu sehen. Wen sie hingegen nicht erwartet hatte, war Pauline Roux aus der Personalabteilung. Diese hatte anscheinend vor, Personal abzuholen, respektive die zwei ausgefallenen Rumäninnen zu ersetzen. Die beiden plauderten miteinander. Laura fragte sich, wie sie verknüpft waren und wer ihnen den Hinweis auf die »Lieferung« gegeben hatte. Sie stieß Hans in die Rippen. Er war eingeschlafen und fuhr erschrocken hoch.

»Schau, dort drüben. Von dem nervösen Raucher mit dem Telefon benötigen wir auf jeden Fall ein Bild. Das ist der ehemalige Hotelangestellte, den ich in den ersten Tagen rausgeschmissen habe. Er hatte sich im Weinkeller mit bestem Merlot eingedeckt und die Tat trotz eindeutiger Beweislage bestritten. Er hat mir Rache geschworen. Er verfolgt mich manchmal. Aber ich kenne seine genauen Pläne nicht. Und die attraktive Dame, die neben ihm steht, holt ›Nachschub‹ für unser Hotel. Ein paar Fotos von ihr muss ich ebenfalls haben. Los, geh schon.«

Er nickte, stieg aus und schaute sich um. Da es auf allen Seiten dieses Platzes sehenswerte Fotomotive gab, fiel es nicht auf, dass er in sämtliche Richtungen fotografierte. Er war gerade beschäftigt, Aufnahmen von der Aussicht einzufangen, als ein Bus mit rumänischem Kennzeichen vorfuhr. Laura war es von ihrem Standort aus nicht möglich zu erkennen, wie viele Personen darin saßen. Zehn Frauen stiegen aus. Es schien, dass Janik der Organisator oder mindestens der Übersetzer und Vermittler war.

Jedenfalls fuchtelte er mit den Armen, gab Anweisungen und ließ die Koffer ausladen. Dann nahm er eine Liste in die Hand und rief Namen auf. Die mitgereisten Damen bildeten Zweiergruppen, die er den Wartenden zuteilte. Auch Pauline begrüßte zwei blutjunge Frauen und nahm sie mit zu ihrem Wagen. Auf einmal schaute sie in Lauras Richtung. Sie stockte einen Atemzug lang, wandte den Blick nach einem Moment aber wieder den beiden neuen Errungenschaften zu. Mit der Hand deutete sie ihnen an, die Koffer in den Laderaum zu heben und dann einzusteigen. Dabei erschien kein Lächeln auf ihrem Gesicht. Laura vermochte sich in die Lage der Neuankömmlinge zu versetzen. Da kommst du in ein fremdes Land, wirst nach stundenlanger Reise von einer Frau empfangen, bekommst kein freundliches Wort und fährst gleich weiter ins Ungewisse. Was für einen Eindruck hinterließ das wohl? Sie nahm sich vor, am Abend kurz im Zimmer der Neuen vorbeizuschauen und eine Kleinigkeit vorbeizubringen.

»Laura, ehrlich gesagt, ich glaube nicht, dass hier etwas Illegales abgeht. Es ist ganz normal, dass Frauen abgeholt werden, wenn sie aus einem anderen Land kommen, um ihre neue Arbeitsstelle anzutreten.«

»Vielleicht hast du recht und ich habe mich da in etwas hineingesteigert. Ich finde es abstoßend, wie diese Menschen als Ware behandelt werden. Eine Tote und eine Vermisste werden mühelos ersetzt.«

»Aber was wäre die Alternative?«

Sie überlegte erstaunlich lange. Und er ließ es zu.

»Du hast recht. Es gibt keine. Entschuldige, ich habe dich hier in etwas hineingezogen, das ich nicht durchdacht habe. Ich habe wohl mit Kanonen auf Spatzen geschossen.«

»Ein paar Vorteile hat die ganze Geschichte.«

»Und die wären?«

»Du hast wieder mit mir Kontakt aufgenommen. Wir sind ausgegangen. Heute haben wir einen Ausflug an einen Aussichtspunkt unternommen, und du bist mir Informationen über Abel Roi schuldig.«

Da habe ich mich ja wieder einmal voll in die Nesseln gesetzt, ärgerte sich Laura im Nachhinein. Trotzdem rang sie sich ein Lächeln ab.

»Und weil wir nun beisammen sind, lade ich dich zum Nachtessen in ein Weindorf ein.«

Ihre unausgereiften Überlegungen hatten sie wieder einmal in eine Situation gebracht, die ihr gar nicht gefiel. Aber sie sah sich Hans gegenüber verpflichtet. Schließlich hatte sie ihn überredet, diese Aufgabe zu übernehmen. Ein wenig widerwillig nahm sie die Einladung an. Wie es schien, hatte er bereits im Vorfeld Erkundigungen eingezogen, wo es in der Region ein feines Restaurant mit Blick auf den Genfersee gab. Er fuhr mit ihr nach Lutry in ein einnehmendes Lokal. Auf der Aussichtsterrasse empfahl der Chef am Tisch die Tagesspezialitäten.

»Ich empfehle Ihnen: ›Puit d'amour‹ oder ›Liebesbrunnen‹, eine aromatische Melonensuppe, aufgepeppt mit prickelndem Champagner, mariniertes Rind-Tataki, serviert in dünnen Tranchen mit Gemüsescheibchen, Sprossen und leichter Miso-Mayonnaise, Seeteufel an einer Soße von Sommer-Pfifferlingen, dazu feines Kartoffelpüree und eine Gemüse-Variation.«

Hans schaute Laura fragend an. Diese nickte. Ihre Stimmung hatte sich wieder gehoben, und sie fand doch, dass sich der Ausflug nur schon wegen der Lokalität und des

Menüangebots gelohnt hatte. Nach einem Glas Champagner zum Apéro war sie entspannter. Sie erzählte Hans von ihrer Arbeit und den Förderanfragen. Sie merkte, dass er spitze Ohren bekam, und sie überlegte sich, weshalb dem so war. Die Erklärung erhielt sie postwendend.

»Weißt du schon, woher Monsieur le Président das Geld hat, das er so großzügig an kulturelle Institutionen weitergibt?«

»So genau informiert bin ich nicht. Ich nehme an, er verdient es mit dem Hotel.«

»Besteht die Möglichkeit, dass er weitere Einnahmequellen hat?«

»Ich bekomme erst langsam Einblick in die Geschäfte.«

»Aber du hast mir Informationen versprochen.«

Ärger stieg in ihr hoch.

»Hast du mich zu einer Fragestunde vorgeladen?«

Er merkte sofort, dass es nötig war, die Gesprächstaktik zu ändern. Ansonsten fiel der ganze Abend ins Wasser.

»Ich höre dir auch gerne zu, wenn du von deinen Interessen und Wünschen berichtest. Abel Roi braucht nicht Thema zu sein. Oder ich erzähle dir von meiner Arbeit.«

Sie betrachtete ihn skeptisch. Wieder jemand, der über die Zukunftsaussichten diskutieren wollte. Sie schob den Ball zurück.

»Mit was gibt sich ein Journalist ab, wenn er nicht recherchiert oder schreibt?«, fragte sie deshalb.

»Du weißt ja, dass ich an dieser Reportage vom *Montreux Jazz Festival* arbeite. Ich beobachte die Organisatoren bei ihrem Tagwerk. Im Moment stellen sie das nächstjährige Programm zusammen und versenden Anfragen an die Künstler. Sie haben mir übrigens Tickets für diverse Anlässe im nächsten Jahr versprochen. Begleitest du mich?«

Laura wartete mit der Antwort. Glücklicherweise erschien in diesem Moment der Kellner mit der Melonensuppe mit dem unpassenden Namen »Liebesbrunnen«. Wie kam jemand auf die Idee, ein Gericht so zu benennen? Bei Verliebten passte das. Für ein Geschäftsessen oder bei einem Anlass wie dem jetzt eher weniger. Sie war froh über die Gesprächspause. In der Zeit hatte sie sich eine Ausrede einfallen lassen.

»Arlette Schwarzenbach nimmt während des Festivals immer Urlaub, obwohl sehr viel los ist im Hotel. Ich bin dazu verdonnert worden, sie zu vertreten. Je nach Arbeitsanfall ist es mir an einem Abend möglich, mich wegzuschleichen. Im Moment ist eine Zusage undenkbar.«

Sie sah ihm an, dass er enttäuscht war ob der ablehnenden Reaktion. Deshalb schob sie nach:

»Natürlich würde ich gerne das Festival besuchen.«

Und dann erzählte sie ihm die Geschichte von Arlette Schwarzenbach und Bob Dylan.

»Aber das darfst du auf keinen Fall weiterverbreiten. Sie hat mir das anvertraut, im Wissen, dass ich es nicht weitersage. Versprochen?«

»Heiliges Ehrenwort!«

Das Essen war erstklassig. Das Thema Abel Roi vermieden sie. Die Unterhaltung drehte sich nun um Musik, Montreux, die kulturellen Angebote und Ausflugsziele in der Region. Sie genossen das Hier und Jetzt.

Hans fuhr kurz vor Mitternacht beim Personaleingang des Hotels vor. Laura war müde. Sie stieg gleich aus. Der galante Versuch, ihr die Autotür zu öffnen, schlug fehl. Er kam zu spät.

»Wir sehen uns«, meinte sie nonchalant und warf ihm eine Kusshand zu. Er hielt ihren Arm fest.

»Nicht so schnell. Der Abend darf nicht so enden. Mir liegt schon lange etwas im Magen. Ich …«

»Gerne ein anderes Mal. Und danke für das Abendessen. Das war wirklich genussvoll.«

Sie löste ihren Arm aus seiner Umklammerung. Er fasste nach.

»Laura. Ich liebe dich.«

Er schaute sie schmachtend an. Sie drehte den Kopf. Darin ratterte es. Sie sah sich gezwungen ihm reinen Wein einzuschenken. Schonungsvoll im Ton, aber hart in der Sache antwortete sie: »Hans, das ist leider einseitig. Ich teile deine Gefühle nicht.«

Aus ihrer Sicht hätte sich zwischen ihnen eine Art Geschäftsbeziehung entwickeln sollen. Nach dem Motto: Er hilft mir bei meinen Recherchen, und ich gebe ihm gewisse Auskünfte, ohne dass ich Geheimnisse verrate. Nun schien sich das, wenigstens aus seiner Anschauungsweise, anders abzuspielen. Sie hauchte ihm einen Kuss auf die Backe und flüsterte: »Tut mir leid.«

Sie verschwand im Haus. Laura war sich bewusst, dass sie nicht ganz fair handelte. Er hatte seinen Teil der Abmachung erfüllt, und sie hatte ihren Part noch zu liefern. Dafür würde sie in einer ersten Phase einmal versuchen, Arlette Schwarzenbach auszuhorchen. Bestimmt hatte sie Informationen über die Geschäfte von Abel Roi. Gleich morgen würde sie probieren, ihre Chefin in ein Gespräch zu verwickeln. Was Hans betraf, hatte sie sich hinreißen lassen, ihm Auskünfte zu versprechen. Das bereute sie im Nachhinein. Sie fragte sich, wie sie wieder aus diesem Dilemma rauskam.

KAPITEL 24 / WILLKOMMENSGESPRÄCH

Auf ihrem Weg zum Frühstück im Personalrestaurant begegnete Laura den Rumäninnen. Sie kamen eben aus dem Zimmer, in dem auch schon Svetlana und Olga gewohnt hatten. Die Umstände der Unterbringung hatten sich leider abermals geändert. Die Frauen waren gezwungen, sich wieder zu viert einen Schlafraum zu teilen. Aber immerhin hatte die Personalabteilung die Abzüge für die Miete nach unten angepasst. Laura lächelte.

»Herzlich willkommen im *Hôtel le Président*. Ich wünsche Ihnen einen angenehmen Start und Freude bei der Arbeit.«

Mira, die mit der vermissten Olga angereist war, sprach kurz ein paar Wort in Rumänisch zu den zwei Neuen. Diese lächelten schüchtern und nickten.

»Danke. Wir werden bestimmt ein eingespieltes Team. Gestern Abend haben wir uns schon lange unterhalten. Ich glaube, wir passen zusammen.«

Mira hatte für alle geantwortet.

»Das freut mich. Wenn es euch recht ist, können wir einmal zusammensitzen. Ich würde gerne mehr von euch und eurer Heimat erfahren.«

Sie verabredeten sich für den Abend.

Im Arbeitszimmer studierte Laura ihr Tagesprogramm. Die Post stapelte sich auf ihrem Pult, und in der Mailbox warteten Mails auf Reaktionen. Ihr würde heute nicht langweilig. Sie hatte noch nicht damit angefangen, da rief Arlette Schwarzenbach sie in ihr Büro. Sie übergab ihr die Organisation eines Ärztekongresses, der im Februar geplant war. Laura seufzte. Das überstieg ihre Vorstellungskraft. Wie wäre es möglich, ohne Überstunden zu leisten, alles zu erledigen? Ihre Chefin nahm sie ins Visier.

»Ihrer Reaktion entnehme ich, dass Sie sich über diese Aufgabe nicht sonderlich freuen.«

»Frau Schwarzenbach, die Bearbeitung der Anträge für die kulturellen Fördergelder und das Projekt mit dem *Schriftstellerverband* nehmen gehörig Zeit in Anspruch. Ich hatte nicht mit so viel Arbeit gerechnet. Aber ich kriege es schon hin. Ich werde Überstunden leisten müssen, damit ich alles unter einen Hut bringe.«

»Monsieur Roi hat mich informiert, dass Sie das Vorhaben leiten werden. Gratuliere. Er scheint große Stück auf Sie zu halten. Er hat sogar angedeutet, dass er gedenkt, eine zweite Assistentin einzustellen, um die ganze Arbeit auf verschiedene Schultern zu verteilen.«

»Das ehrt mich. Und eine Kollegin würde mich natürlich enorm entlasten.«

»Ich sehe eine Lösung. Ihre Vorgängerin Klara hätte Interesse, wieder zurückzukommen. Ihre Stelle in Asien entspricht nicht ihren Vorstellungen. Sie hat angefragt, ob wir eine Möglichkeit sähen.«

Laura war erstaunt und ein wenig enttäuscht. Hinter ihrem Rücken hatten Gespräche stattgefunden. Sie fragte sich, weshalb sich ihre Studienkollegin wieder an ihrem alten Arbeitsort bewarb.

Arlette Schwarzenbach fuhr fort: »Es wäre eine ideale Konstellation. Wir bräuchten sie nicht einzuarbeiten, da sie den Betrieb schon kennt. Und Sie beide sind sich auch nicht fremd.«

Laura nickte. Im Moment war sie sprachlos. Sie beabsichtigte, in Ruhe darüber nachzudenken. Sie sah das Immobilienprojekt vor sich und die enorme Arbeitsbelastung. Dabei fiel ihr ein, dass sie Informationen bezüglich Abel Roi hatte erfragen wollen. Blitzartig überlegte sie, wie sie den nahtlosen Übergang fand. Dann sah sie den roten Faden.

»Da ich vermehrt für den Chef und seine Kulturförderungen arbeite, hätte ich gerne weitere Auskünfte. Wissen Sie, wie diese Zuwendungen finanziert werden?«

»Sie meinen, wie Monsieur le Président sein Geld verdient?«

»Genau. Denn anhand der Zahlen, die ich der Hotelbuchhaltung entnehme, ist es eher nicht aus dem Ertrag des Betriebs.«

»Stimmt. Abel hat in den USA eine Informatikfirma gegründet, die sehr erfolgreich ist. Darum ist er auch oft in den Staaten.«

»Wie kam es dazu?«

»Sie sind heute neugierig«, konstatierte Arlette Schwarzenbach.

Laura errötete. Sie erwiderte: »Jedes Projekt setzt eine solide Finanzierung voraus. Ich möchte meine Ressourcen für Projekte einsetzen, die mich und andere weiterbringen.«

»Das hat mir beim Vorstellungsgespräch imponiert. Sie gehen den Sachverhalten auf den Grund. Deshalb wundert es mich, dass Sie erst heute danach fragen. Hat das einen besonderen Anlass?«

Laura erbleichte. Der Farbwechsel in ihrem Gesicht verriet sie bestimmt. Vermutete ihre Vorgesetzte etwas? Und weshalb?

»Ich wundere mich, wie es möglich ist, all die kulturellen Anlässe finanziell zu unterstützen, und was seine Motivation ist. Welches sind seine wirtschaftlichen Ressourcen und wie werden sie alimentiert? Ist das eine abwegige Frage, wenn man beauftragt wird, darüber zu bestimmen?«

»Abel hat an der Stanford University in Kalifornien studiert. Noch im Verlauf des Studiums hat er das Unternehmen auf die Beine gestellt und sich damit einen Namen gemacht.«

Laura fiel auf, dass ihre Chefin ihn das erste Mal nur mit dem Vornamen erwähnt hatte.

»Seinen Namen findet man aber im Internet nicht.«

»Das stimmt. Er nennt sich Abel Roi, und niemand hinterfragt das. Es ist ein Pseudonym. Seinen ›echten‹ Namen kennen nur sein Treuhänder und die Behörden. Und er möchte, dass es so bleibt.«

»Und Sie?«

»Ich schweige wie ein Grab!«

Ein verschmitztes Lächeln überzog ihr Antlitz. Laura staunte einmal mehr. Sie begriff das alles nicht. Wie konnte jemand ein Hotel in der Schweiz besitzen und dabei anonym bleiben und gleichzeitig erfolgreich eine Firma in den Vereinigten Staaten führen? Sie würde nachforschen. Sie hatte nicht vor, Arlette Schwarzenbach weiter zu bedrängen.

»Danke für die Auskunft. Selbstverständlich werde ich diese Informationen vertraulich behandeln.«

»Ich zähle auf Sie.«

Laura verließ nachdenklich das Büro ihrer Chefin. Diese schaute ihr schmunzelnd nach. Sie war sich bewusst, dass ihre Assistentin den wahren Namen suchen und finden würde.

KAPITEL 25 / NACHFORSCHUNGEN UND ANSCHULDIGUNGEN

Angestachelt und motiviert packte Laura die Nachforschungen an. Bevor sie auch nur eine Mail beantwortete oder einen Brief öffnete, googelte sie den Namen des Hotelbesitzers. Sie wunderte sich nicht, dass Hans Urech keine Informationen über ihn gefunden hatte. Eigentümer des *Hôtel le Président* war gemäß Handelsregister eine Holding Gesellschaft. Das Amt des Vertreters bekleidete die Treuhandfirma, die von ihm beauftragt worden war, den Kauf der Liegenschaft *Beau Séjour* abzuwickeln. Unter der Bezeichnung Abel Roi fand sie weder einen Eintrag noch Bilder. Das hatte sie allerdings schon bei früheren Recherchen bemerkt. Sie überlegte sich, wie er den Namen *Roi* abgeleitet hatte. Möglicherweise hieß er gebürtig *König*. Wenn das so wäre, könnte sie nach dem Vornamen, der Informatikfirma oder den Studienabgängern der Stanford University in Kalifornien suchen. Oder war Roi eventuell eine Abkürzung eines Familiennamens wie zum Beispiel Roitman? Sie war derart in die Gedanken vertieft, dass sie nicht bemerkte, dass jemand grußlos ihr Büro betreten hatte.

»Hör' sofort auf, dich in die Personalangelegenheiten einzumischen.«

Pauline Roux stand breitbeinig vor ihrem Pult und rügte Laura in harschem Ton.

»Wie bitte? Um was und um wen geht es genau?«

»Seit du hier angefangen hast, treibst du dich immer mit den Rumäninnen rum. Du hetzt sie gegen mich auf. Du bist schuld, dass Svetlana ermordet wurde und Olga verschwunden ist. Hör endlich auf, überall deine Nase reinzustecken.«

Sie holte kurz Luft, um in höherer Lautstärke weiter zu schimpfen: »Zudem machst du auf lieb Kind bei unserer Chefin und bei Roi und schleimst dich mit deinen unnützen Ideen ein.«

Arlette Schwarzenbach kam aus dem angrenzenden Büro. Sie hatte das Gezeter mitbekommen und gebot der Furie Einhalt.

»Es reicht, Madame Roux. Monsieur Roi und ich sind selbst in der Lage, die beruflichen Qualitäten der eingestellten Mitarbeiter zu beurteilen. Ihre Anschuldigungen sind unbegründet und maßlos übertrieben. Bitte verlassen Sie den Raum. Beruhigen Sie sich und melden Sie sich am Nachmittag bei mir für ein Gespräch unter vier Augen. Ich erwarte, dass Sie sich bis dahin gezügelt haben.«

Die Personalchefin drehte sich auf dem Absatz um und verließ wortlos den Raum.

»Ich kümmere mich darum. Sie gehen an Ihre Arbeit«, befahl sie Laura. Nach einem Blick auf deren Bildschirm ergänzte sie: »Und damit meine ich Ihre Tätigkeiten für den Hotelbetrieb und nichts anderes.«

Die Verbindungstür knallte hinter ihr zu. Laura saß da wie ein begossener Pudel. Es war ihr bewusst, dass Pauline und sie keine Freundinnen werden könnten. Dass sich ihr gegenüber eine derartige Wut anhäufte, erschreckte sie jedoch bis ins Mark. Was sie am meisten erschütterte, war die Schuldzuweisung an Svetlanas Tod und Olgas Verschwinden. Wie kam sie nur auf diese Idee? Gab es dafür einen Auslöser? War das berechnete Absicht oder pure Dummheit? Diese Anschuldigung mochte sie nicht auf sich sitzen lassen. Hitzköpfig sprang sie auf und beabsichtigte, Pauline hinterherzurennen, um sie zur Rede zu stellen. An der Tür besann sie sich eines Besseren. Unüberlegtes Handeln brachte stets weitere Probleme. Es war vernünftiger, wenn Arlette Schwarzenbach zuerst mit dieser Person das Gespräch führte und sich die Lage beruhigte. Es gab später sicher einmal eine Gelegenheit, mit Pauline in Ruhe über diese Attacke zu sprechen.

Lustlos arbeitete sie sich durch die anfallenden Tagesgeschäfte. Es gelang ihr nur mit Mühe, sich zu konzentrieren. In ihren Kopf drängte sich immer wieder das Bild der wütenden Personalchefin. Wie kam es nur dazu? Was nervte sie derart? Welche Rolle spielte sie in diesem Getriebe?

KAPITEL 26 / LAURA IM BORDELL

Der Auftritt von Pauline Roux mit ihren haltlosen Unterstellungen nährten die Schuldgefühle in Laura. Die andauernde Ungewissheit, was da wirklich vorging, steigerte ihre Nervosität ins Unerträgliche. Sie überlegte krampfhaft, wie sie zu Informationen kam, was den Fortschritt der Untersuchungen betraf. Von Olga hatte man nichts mehr erfahren. Lauras Ungeduld wuchs stetig. Sie hätte gerne Informationen von der Polizei erhalten. Aber diese hüllte sich in Schweigen. Was sie auf eine Art nachvollziehen konnte. Die wollten ungehindert ermitteln. Aber taten sie das auch wirklich? Eventuell war die Zusammenarbeit mit dem Nachbarland nicht ganz einfach. Petitjean hatte einmal eine Andeutung fallen gelassen. Laura war der Überzeugung, dass es einen Zusammenhang zwischen dem Fotostudio und dem *Hôtel Étoile* in Évian-les-Bains gab. Nichtwissen brachte sie wie so oft in ihrem Leben an den Rand des Wahnsinns. Zu gern hätte sie einmal dort vorbeigeschaut und nachgefragt. Nur vermochte sie nicht einfach in ein Bordell zu marschieren und Frauen auszufragen. Für einen Mann war das problemloser. Der suchte das Etablissement auf, plauderte mit den Mädchen, ohne dass es auffiel. Natürlich hatte er keine andere Wahl, als Geld auszugeben für Getränke und Auskünfte. Aber das konnte sich lohnen. Sie überlegte sich, wer dafür infrage kam. Hans definitiv nicht. Den beabsichtigte sie nicht noch tiefer in den Fall hineinzuziehen. Sie hatte bereits versucht, ihn betreffend Arbeitsbedingungen der Frauen aus den Oststaaten zu sensibilisieren. Er hatte abgewinkt und angefügt, das Thema sei abgedroschen und generiere keine Klicks. Pedro Lukic fiel für so eine Ermittlung ebenfalls aus der Konkurrenz. Sollte etwas nicht klappen, würde das Folgen für seine beruflichen Perspektiven haben. Sie hatte sich ohnehin vorgenommen, mit ihm einen feinfühligen Umgang zu pflegen. Ihn zu verheizen war keine Option. Kam eine Person aus dem Hotel für die Aufgabe infrage? Ihr fiel niemand ein. Zudem blickte sie nicht durch, wer mit wem verbandelt war und eventuell plaudern würde. Sie selbst? Nein. In ihrem Kopf ratterte es. Wie aus dem Nichts schlug ein unkonventioneller Gedanke wie ein Blitz ein. Wie wäre es, wenn sie sich als Mann ausgäbe. Ziel war, mit den Frauen ins Gespräch zu kommen, mehr nicht. Sie entschied sich kurzerhand, diese verrückte Variante auszuführen. Die schien ihr durchaus realisierbar. Zudem erachtete sie das Risiko als gering.

Arlette Schwarzenbach hatte ihr angeboten, fortan ihre Arbeitszeit frei einzuteilen, weil sie so viele Überstunden hatte. Sie arbeitete oft bis spät in die Nacht. Freizeit gönnte sie sich selten. Laura wunderte sich über den unerwarteten Vorschlag. Er kam ihr sehr passend. Das gab ihr die Gelegenheit, mit ihren Nachforschungen fortzufahren. Sie räumte sich einen arbeitsfreien Tag ein. Gegen Mittag verließ sie mit Wanderschuhen und einem neonfarbenen Rucksack das Hotel. Das sah so aus, als würde sie zu einer zweitägigen Bergtour aufbrechen. Sie nahm an, dass sie ungesehen davonkam. Laura warf einen Blick zurück. Sie übersah Pauline Roux, die gelangweilt und rauchend am Balkongeländer ihres Büros lehnte. Diese entdeckte zu ihrer Verwunderung, wie ein Mann mit Kapuzenshirt Laura in sicherem Abstand folgte. Die Gangart mit den ausschweifenden X-Beinen erinnerte sie an Janik Antonescu. Er hatte geschworen, sich an Laura zu rächen, weil er wegen ihr seine Stelle verloren hatte. Immer wieder tauchte er in der Nähe des Hotels auf. In der Personaletage wurde gemunkelt, dass er in den Todesfall von Svetlana Popa, dem Verschwinden von Olga Daskalu und den Einbrüchen in Lauras Zimmer verwickelt sein sollte. Beweise hatte niemand. Aber dass er ihr hinterherschlich bedeutete nichts Gutes. Pauline hatte ebenfalls eine tiefe Abneigung gegen die neue Assistentin der Geschäftsleitung. Seit sie hier angefangen hatte, mischte sich diese in die Angelegenheiten der Personalabteilung ein. Höhepunkt war die Ermahnung, die sie von Arlette Schwarzenbach hinnehmen musste. Diese war happig und unmissverständlich gewesen. Sie durfte in Zukunft keinen Finger mehr krümmen, was Laura betraf. Ihr war es ab jetzt egal, was mit dieser Person geschah. Sie drehte sich vom Balkon weg und nahm ihre Arbeit wieder auf.

Laura saß in Gedanken versunken auf dem Schiff von Lausanne nach Évian-les-Bains. Dieses Mal sah sie die Naturschönheiten nicht. Allzu sehr war sie mit sich und ihrem Abenteuer beschäftigt. Sie hatte bestimmt alles 100 Mal durchgedacht. Grundsätzlich sollte der Plan klappen. Auf *Google Maps* hatte sie sich eine öffentliche

Toilette am Seeufer gesucht. Dort hatte sie vor, sich in ein männliches Wesen zu verwandeln. Niemand durfte realisieren, dass sie als Mann aus der Damentoilette kam. Die Herrenbekleidung, den aufklebbaren Schnauzer, die Sonnenbrille, die Lederhandschuhe und die Schirmmütze hatte sie im Internet bestellt. Die ausladende Kappe konnte sie bis über beide Ohren ziehen und ihre Haare darunter verstecken. Zudem hatte der Schirm der Mütze eine ideale Größe, sodass die Stirn verdeckt, die Sicht aber nicht eingeschränkt war.

In ihrem Zimmer hatte sie vorher einmal alles anprobiert und das Ergebnis getestet. Sie war erschrocken ob der Veränderung. Der Spiegel hatte ihr einen wirklichkeitsnahen, befremdlichen Mann gezeigt. In den kühlen Spätherbsttagen würde es nicht auffallen, wenn sie Handschuhe und Mütze trug. Auch das sonore Sprechen mit tieferer Stimme hatte sie eingeübt. Aus ihrer Sicht funktionierte der Bluff. So geistig eingespielt stand sie nun in Évian-les-Bains in der Kabine des WC-Häuschens. Sie zog sich um, klebte den Schnauz an und betrachtete das Resultat in ihrem Handspiegel. Mit der Verwandlung fing sie erst an, als sie sicher war, dass sie sich alleine im WC-Häuschen aufhielt. Auch das schaffte sie. Jedenfalls beinahe. Beim Verlassen des Gebäudes trat eine Dame ein. Sie schaute verdutzt den Mann an, der aus der Damentoilette kam. Laura reagierte blitzschnell. Mit tiefer Stimme brummte sie:

»Ich habe mich in der Tür geirrt. Entschuldigen Sie.«

Sie verzog sich hastig Richtung Innenstadt. Anscheinend fiel sie nicht auf. Niemand drehte sich nach ihr um oder starrte sie an. Vorsichtshalber setzte sie sich in ein

Bistro, um ihre Verwandlung zu testen, und bestellte einen Kaffee.

»Gerne, der Herr«, antwortete der Kellner.

Das bestätigte ihr, dass man ihre Erscheinung so wahrnahm, wie sie es wünschte. Das beruhigte sie ein wenig. Trotzdem war es ihr nicht wohl in ihrer Haut. Am liebsten hätte sie einen Schnaps bestellt, um sich mehr Mut anzutrinken. Aber sie ließ es bleiben. Im dümmsten Fall würde es ihre Reaktionsfähigkeit einschränken.

Gegen 16 Uhr kam sie vor dem *Hôtel Étoile* an und blieb einen Moment stehen. Die rote Hausfassade und die grünen Fensterläden wirkten einladend. Zwei Buchsbäumchen standen rechts und links der Tür. »Bienvenue«* leuchtete in farbigen Lettern auf der Glastür. Der Text war mit Herzchen verziert. Sie schaute sich um, bevor sie draufgängerisch auf den Eingang zuging. Der Eingangsbereich glich einer Hotelrezeption, mit dem Unterschied, dass LED-Streifen das Treppenhaus beleuchteten. An den Wänden hingen Poster aufreizender Schönheiten. Die Empfangsdame trug trotz der Jahreszeit ein rotes Sommerkleid mit sehr tiefem Dekolleté. Sie nickte und schaute den unbeholfenen Mann von oben bis unten an. Laura lief es heiß und kalt den Rücken runter. War die Maskerade bereits aufgeflogen? Die Dame stellte trotz des Schummerlichts fest, dass der glatt rasierte Mann errötete.

»Wohl zum ersten Mal hier? Nur keine Hemmungen.«

Laura streckte ihren Rücken und trat an den Empfang.

»Ich schlage dir vor, dass du zuerst einmal in unsere Bar gehst und einen Schluck trinkst. Ich schicke dir Sofia,

* Herzlich willkommen

eine nette Dame. Sie wird dir gerne nützliche Anweisungen geben, falls du das wünschst.«

Laura nickte und ließ sich den Weg zur Bar weisen. Rote Lederhocker standen an einer langen Theke aufgereiht. Dahinter hantierte eine Frau mit lila Haaren und großer goldener Brille. Es roch nach kaltem Zigarettenrauch. Im Raum räkelten sich spärlich bekleidete Schönheiten in Spitzendessous und High Heels auf den Sofas und Barhockern. Sie verfolgten Laura mit undurchsichtigem Gesichtsausdruck. Noch bevor sie sich entschieden hatte, wohin sie sich setzen wollte, trat eine blond gefärbte, dezent geschminkte ältere Frau an sie heran.

»Ich bin Nathalie. Trinkst du etwas? Ich gebe dir derweil eine kurze Einführung.«

»Gerne einen starken Kaffee, Alkohol blockiert mich.«

Laura befürchtete, dass sie mit Promille im Blut an Konzentration verlieren würde. Für die anstehende Operation musste sie voll einsatzfähig bleiben.

Nathalie nickte, schnippte mit den Fingern und forderte Richtung Bar: »Zwei Espressi.«

Laura sah sich um. Am Nachmittag hielten sich wenig Gäste im Raum auf. Sie fragte sich, wie viele in den Zimmern waren. Aber deswegen weilte sie ja nicht hier. Ihr Ziel war, etwas über die verschwundene Olga rauszufinden. Sollte sie es schon wagen, Nathalie darauf anzusprechen, oder wäre es besser, eine Mitarbeiterin im geschützten Raum zu befragen? Dieses Detail hatte sie sich in der Vorbereitung zu wenig überlegt. Das wurde ihr in dem Augenblick bewusst.

»Du bist das erste Mal in einem Etablissement?«

»Ja.«

Nathalie verschluckte sich beinahe und schaute sie einen Moment fragend an. Roch sie den Braten? Laura rumorte es im Magen. Ihr Gegenüber fing an zu sprechen: »Dann gebe ich dir eine kurze Einführung, und du entscheidest, wie du vorgehen möchtest. Ist das in Ordnung?«

Laura nickte.

»Die Zone für die Freier verteilt sich auf zwei Stockwerke. Es gibt Themen-Zimmer, die hat unsere Chefin selber eingerichtet. Keines gleicht dem anderen, und doch haben alle etwas gemeinsam: Ob Sternen-, Kamasutra- oder Gartenzimmer, vor jeder Tür findet man eine Stoppuhr. Für ein 20-minütiges Vergnügen bezahlen Freier 100, für eine Stunde 280 Euro. Du sagst, wozu du Lust hast. Ob du klassischen Blümchensex, Liebesspiel durchs Hintertürchen oder nur ein wenig reden möchtest. Sprich offen darüber, was du dir vorgestellt hast und welche Praktiken du bevorzugst. Verlangst du Methoden, die für die Dame deiner Wahl tabu sind, hast du das zu akzeptieren. Der Preis und die Zeit werden vereinbart und eingehalten. Verlängerst du den Besuch, heißt das für dich, dass du mehr bezahlen musst. Hast du mit der Frau deiner Wahl geschlafen, sei höflich, verabschiede und bedanke dich. Benötigst du noch weitere Informationen«?

Laura schüttelte den Kopf. Es wurde ihr auf einmal alles ein wenig zu viel. Sie fragte sich, ob sie zu unüberlegt gehandelt hatte und wie sie wieder aus dieser Situation rauskam. Aber nun war sie schon so weit gegangen. Sie wollte nicht ohne neue Erkenntnisse über Olga nach Montreux zurückkehren. Der Drang nach Gewissheit überwog die Angst. Ihr Gegenüber riss sie aus den Überlegungen:

»Kennst du deine Bedürfnisse und Vorlieben?«

»Haben Sie Fotos von den Frauen? Ich stehe nämlich nicht auf jeden Typ.«

Laura hoffte, dass sie mit dem Manöver herausfand, wer sich alles in diesem Haus aufhielt. Vielleicht befand sich sogar ein Bild der Gesuchten darunter. Dann wäre das Rätsel bald gelöst. Verwundert nahm Nathalie sie ins Visier.

»Wir duzen uns hier und sprechen uns mit dem Vornamen an. Was sind deine Wünsche, was weibliche Wesen betrifft?«

Laura nickte und räusperte sich. Dann gab sie eine Beschreibung von Olga ab.

»Ich rufe Tatjana. Sie scheint genau deinen Anforderungen zu entsprechen.«

Nathalie verschwand für einen Augenblick und kam mit einer Frau zurück, die äußere Ähnlichkeiten zu der Gesuchten aufwies. Laura entschloss sich, die Chance zu nutzen und sich mit ihr ins Zimmer zu verziehen, um sie auszufragen. Vielleicht hatte sie Glück, und diese Tatjana konnte ihr weiterhelfen. Für den Moment schien das die beste Vorgehensweise.

KAPITEL 27 /
KARRIERE EINES HANDLANGERS

Janik Antonescu hatte noch am Tag des Rauswurfs im *Hôtel le Président* einen Anruf seines Kollegen Mirko bekommen. Der Rumäne war dazumal mit ihm in die Schweiz gereist und dann weiter nach Frankreich gezogen. Dieser bot ihm eine Arbeit in Évian-les-Bains an. In der Firma seines Bekannten sei eine Arbeitsstelle im Sicherheitsdienst neu zu besetzen. Janik erschien das wie ein glücklicher Zufall. Freudig sagte er zu. Die Tätigkeit entsprach nicht ganz seinen Vorstellungen. Security Service in einem Bordell war nicht sein Traumberuf. Er tröstete sich damit, dass er einem bezahlten Job nachging und nicht gezwungen war, nach Rumänien zurückzureisen, wo die Militärpolizei auf ihn wartete. Manchmal bekam er Spezialaufgaben, wie zum Beispiel die Beschattung von Laura. Schon nach ihrem Besuch im Fotostudio oblag es ihm, sie zu verfolgen. Diesen Job hatte er liebend gern übernommen, weil er noch eine private Abrechnung mit ihr offen hatte. Damals war die Aktion glatt misslungen, er musste sie wegen eines Störmanövers abbrechen. Eine zufällige Begegnung Lauras mit einem Mann hatte ihm einen Strich durch die Rechnung gemacht. Dafür wurde er von Mirko beschimpft und abgemahnt. Dieses Mal würde er es geschickter anstellen.

Wieder hatte er eine SMS erhalten, dass er Laura gegen Mittag im Park des Hotels auflauern solle. Die Nachricht kam vom Kollegen. Von wem dieser die Anweisungen hatte, wusste Janik nicht. Er hatte den ominösen Boss noch nie zu Gesicht bekommen. Das störte ihn nicht. Hauptsache Ende des Monats war sein Salär steuerfrei und ohne lästige Abzüge in seiner Tasche.

Hinter einem Busch beim Personaleingang in die Parkanlage wartete er. Er trug ein dunkles Kapuzenshirt und eine Wollkappe. Tatsächlich kam sie gegen Mittag aus dem Haus. Sie war wie eine Wanderin angezogen und schulterte einen Rucksack. Er fürchtete, dass sie beabsichtigte, auf einen Berg zu steigen. Er hatte Höhenangst. Da würde er nicht mithalten können. Sie begab sich zum Bahnhof und bestieg den Zug Richtung Lausanne, dann nahm sie die Metro runter zum See und stieg in das Schiff nach Évian-les-Bains. Beruhigt ob der Fahrtrichtung und in gebührendem Abstand folgte er ihr. Auf der anderen Seeseite sah er, wie sie ein Toilettenhäuschen aufsuchte. Er versteckte sich hinter dem *Journal d'Évian* auf einer Bank und wartete. Durch ein Loch in der Zeitung beobachtete er die ganze Umgebung. Eine halbe Stunde später saß er immer noch da. Sie war zwischenzeitlich nicht rausgekommen. Das beunruhigte ihn. Er fragte sich, ob sie ihn entdeckt hatte wie letztes Mal und durch einen Hinterausgang entwischt war. Verdrossen schlich er um das Gebäude. Er stellte fest, dass es nur einen Ein- und Ausgang gab, der dann entweder nach rechts in das Abteil der Damen oder links in das der Herren führte. Unentschlossen stand er da. Eine Frau kam herein. Er nahm seinen Mut zusammen:

»Ich warte auf meine Freundin. Sie ist vor einer Weile rein, und ich habe nicht gesehen, ob sie rausgekommen ist. Können Sie bitte mal nachschauen?«

Sie nickte, schaute nach und rapportierte:

»Es ist niemand da.«

Er bedankte sich bei ihr. Im Inneren fluchte er und verwünschte Laura. Abermals hatte sie ihn ausgetrickst. Er ahnte die Konsequenzen bei seiner Rückkehr an seinen Arbeitsplatz. Nun hatte er es nicht eilig, sich die Rüge anzuhören. Deshalb setzte er sich in eine Gartenwirtschaft in der Stadt. Er schaute sich um, wer so um diese Tageszeit unterwegs war. Ein paar Tische weiter saß ein Mann mit dem Rücken zum ihm. Am Boden stand derselbe neonfarbige Rucksack, den auch Laura bei sich getragen hatte. Janik überlegte, ob ihn der Unbekannte ihr gestohlen habe. Dann sah er die Gesten der Person beim Bezahlen, und es klickte. Dieses Weibsstück hatte sich verkleidet. Aber was hatte sie vor? Er legte das Geld auf den Tisch und verzog sich in sichere Entfernung. Verwundert stellte er fest, dass sie sich direkt in die Schlangengrube begab. Das war das Beste, was ihm passieren konnte. Er präsentierte sie seinem Chef auf dem Servierteller.

KAPITEL 28 / ERFOLGLOS

Laura folgte Tatjana die mit LED-Lampen beleuchteten Stufen hoch. Sie betrachtete die Bilder im Treppenhaus. Möglicherweise fand sie eines von Olga. Dann wäre sie einen Schritt weiter und hätte handfeste Hinweise für ihre Theorie. Beim Betrachten der Grazien in deren Spitzendessous in raffinierten, aufreizenden Posen kam sie ins Grübeln. Mit welchen Motiven wurden Frauen in dieses Metier gelockt? War es der Verdienst? Langeweile? Zwänge, die an Sklavenarbeit grenzen? Jedenfalls Spaß an der Arbeit war für sie unvorstellbar. Falls es sich ergab, würde sie Tatjana nach den Hintergründen fragen. In der oberen Etage im Korridor gingen zu beiden Seiten Türen ab. Sie schätzte 20 Räume insgesamt. Keine Menschenseele war im Flur zu sehen.

»In diesem Haus besteht Kondom-Pflicht« stand an der Zimmertür, vor der ihre Begleiterin stehen blieb. Das Gebot erinnerte sie schlagartig an ihre absurde Rolle. Sie war als Pierre in Schauspielermanier im Revier des unbekannten Löwen unterwegs. Alles, was ihr begegnete, war fremd und irgendwie anstößig. Lauras Magen machte sich bemerkbar. Sie fragte sich, ob sie gerade in einem falschen Film mitspielte. Tatjana hielt vor der Tür Nummer 19 an.

Da besann sich Laura auf ihr Kernziel. Ihre gefühlte Mitschuld an Olgas Verschwinden spornte sie erneut an, die gefährliche Erkundungstour fortzusetzen. Tatjana trat vor ihr in den illusionären Raum. Ein Boxspringbett dominierte das Zimmer. Es war mit Zierkissen drapiert. Daneben stand ein Nachttischchen mit Taschentüchern, Gleitmitteln und Kondomen. In einer Ecke thronte ein roter Ledersessel. Zu der Räumlichkeit gehörte außerdem ein kleines Bad mit Dusche. Laura blieb im Raum stehen und schaute sich um. Der orangefarbene Knopf neben dem Bett irritierte sie. Ihre Begleiterin sah, dass der Blick daran hing.

»Das ist eine Art Notrufknopf. Falls eine Dame mit einem Gast Probleme hat, benutzt sie ihn umgehend. Und dann kommt sofort Hilfe«, sagt Tatjana. »Zum Glück passiert das nur sehr selten.«

»Wir brauchen den nicht. Ich will mich mit dir nur unterhalten. Sonst nichts.«

Die Liebesdienerin setzte sich aufs Bett und bot Laura den Sessel an.

»Was hast du für ein Problem?«, fragte sie.

»Ich suche eine Freundin. Es könnte sein, dass sie hier ist oder hier war. Kannst du dich an eine Olga erinnern? Ich habe hier ein Bild von ihr.«

Laura hatte aus den Personaldaten ein Foto abgelichtet und streckte Tatjana ihr Handy entgegen. Diese stutzte einen Moment. Ein nervöses Zucken zeigte sich in ihren Augen.

»Warum willst du das wissen?«

»Sie ist verschwunden, und ihre Freundin Svetlana ist ums Leben gekommen.«

Sie zeigte ihr das Bild von der Toten.

»Davon weiß ich nichts. Diese Mädchen sind mir nie begegnet.«

Laura bemerkte, dass sich die Frau in die Ecke gedrängt fühlte.

»Hast du Angst, etwas auszuplaudern? Wirst du bedroht?«

Tatjana schüttelte widerwillig den Kopf.

»Verrätst du mir wenigstens, wer dich angestellt hat?«

Sie blieb stumm und schaute müde an Laura vorbei ins Leere.

»Bist du schon lange hier?«

»Meine Kunden reden sich bei mir ihre Sorgen von der Seele. Liebesdienerinnen sprechen nicht über sich oder den Betrieb. Ich rufe Nathalie, wenn du mich weiter ausquetschst.«

»Warte. Eine Frage noch.«

»Wenn es sein muss.«

»Bist du freiwillig hier und weshalb?«

Ihr Gegenüber schaute sie skeptisch an.

»Ich bin gegen Straßenstrich und Verrichtungsboxen, aber für kontrollierte Freudenhäuser. Als Liebesdienerin erhält man von der Gesellschaft keine Anerkennung. Prostitution ist ein Job, und es gibt dafür eine Nachfrage.«

Sie drehte den Kopf zur Seite und fuhr fort: »Beruflich und privat bin ich aus ärmlichen Verhältnissen ins Leben gestartet. Nicht alles ist rund gelaufen. Mir blieb keine andere Wahl. Es ging um mein Überleben.«

»Wohnst du hier?«

»Im Dachgeschoss ist männerfreie Zone. Dort hausen die meisten Prostituierten. Viele kommen, manche gehen, andere werden weiterverfrachtet.«

Beim Wort »weiterverfrachtet« horchte Laura auf.

»Was bedeutet das?«

»Genug. Ich habe schon zu viel verraten.«

»Wurde Olga abgeschoben? Wohin?«

»Wenn du mich weiter bedrängst, drücke ich den Knopf.«

»Gehst du ernsthaft dasselbe Risiko ein, dein Leben zu verlieren?«

Tatjana hielt sich mit den Händen die Ohren zu.

Laura wurde lauter und zornig. Sie schrie sich ihre Wut von der Seele.

»Nichts sehen, nichts hören, nichts sagen. Wie die drei Affen.«

Tatjana sah keinen Ausweg mehr aus der für sie unangenehmen Situation. Sie drückte auf den orangefarbenen Knopf. Dieser löste ein Sirenengeheul aus. Kurz darauf hörten sie Stimmen und Schritte. Laura rannte zur Tür. Sie hatte die Absicht zu fliehen. Doch es war schon zu spät. Zwei Männer standen davor und versperrten ihr den Weg. Einer davon war Janik. Nathalie kam angerannt.

»Was ist hier los?«

»Mit dem stimmt etwas nicht. Er hat mich mit Fragen über die Arbeitsbedingungen und die Frauen hier gelöchert. Ich vermute, dass er ein verkappter Detektiv ist.«

»Ich weiß, wer das ist: Laura Pfeiffer. Sie hat sich verkleidet. Ich kenne die Dame. Der Chef hat mich beauftragt, ihr nachzuspüren.«

Janik genoss den Augenblick. In diesem Moment verstand er das Sprichwort: Rache ist süß. Sicher gibt es noch die ersehnte Lohnaufbesserung, redete er sich befriedigt ein.

»Bringt sie in mein Büro«, befahl die Bordellchefin. Die Männer packten Laura unter den Armen und zerrten sie durch den Flur die Treppe hinunter in einen Raum im Untergeschoss. Sie drückten sie auf einen Stuhl und blieben mit den Händen auf ihren Schultern hinter ihr stehen. Nathalie war nachgekommen. Sie setzte sich ihr gegenüber an ein Pult und fixierte Laura.

»Deine Perücke ist verrutscht. Nehmt sie ihr ab.«

Die Männer rissen ihr die Kappe und die falschen Haare vom Kopf und den Schnauz aus dem Gesicht.

»Was hast du hier zu suchen?«

Nathalies Stimme war eiskalt und ihr Blick undurchschaubar. Laura lief es kalt den Rücken runter. Ihre Tarnung war aufgeflogen. Wie sollte sie reagieren? Trotz der Angst, die ihr im Nacken saß, überlegte sie ruhig. Sie entschied sich für eine Teilwahrheit.

»Mein Name ist Laura. Ich suche eine Bekannte. Sie wird vermisst. Es ist möglich, dass sie sich zuletzt hier aufhielt. Sie heißt Olga Daskalu. Janik Antonescu kennt sie. Sie ist stammt wie er aus Rumänien. Und sie sind zusammen angereist.«

»Und warum erkundigst du dich dann nicht direkt und führst so eine Maskerade auf?«

Mit dieser Frage hatte Laura nicht gerechnet. Stimmt. Das wäre zumindest der Dienstweg gewesen. Aber sie hatte vorgehabt, möglichst substanzielle Antworten seitens betroffener Frauen zu finden. Deshalb hatte sie sich für dieses verdeckte Vorgehen entschieden. Welche Firma verriet schon ihre Geschäftsgeheimnisse. Sie schwieg und überlegte.

»Was jetzt?«

Laura hustete, um ein wenig Zeit zu gewinnen.

»Sie schnüffelt hier rum. Schon im Hotel in Montreux hat sie überall die Nase reingesteckt. Sie sucht meine beiden Landsmänninnen Svetlana Popa und Olga Daskalu. Sie ist der irrigen Meinung, dass hier Mörder und Entführer ein- und ausgehen«, meldete sich Janik ungefragt zu Wort.

»Die Geschichte wird ja immer abstruser. Wie heißt du mit vollem Namen? Wo arbeitest du? Wer schickt dich?«

Die Bordellchefin nickte den beiden Kerlen hinter Lauras Rücken zu. Ein harter Gegenstand drückte sich in ihren Nacken. Es fühlte sich wie der Lauf einer Pistole an. In diesem Moment läutete Nathalies Handy. Sie schaute auf die Anzeige.

»Haltet sie in Schach. Ich bin gleich wieder zurück.«

Sie stand auf und verließ den Raum. Man hörte, wie sie im Flur mit jemandem sprach, verstand aber kein Wort. Der Druck im Nacken ließ etwas nach. Trotzdem wagte Laura nicht, sich zu bewegen. Dafür überlegte sie angespannt, welche Antworten sie geben durfte, ohne sich weiter zu gefährden. Das erübrigte sich von selbst. Nathalie kehrte wie eine Furie in den Raum zurück und herrschte die zwei nützlichen Idioten an.

»Das übliche Programm. Handschellen anbringen, Mund und Augen abdecken, Transfer in die Quarantäne.«

Durch einen Hinterausgang zogen sie Laura zu einem Unterstand und stießen sie in einen fensterlosen Van. Die Männer zwangen sie, sich in der Ladefläche auf den Boden zu setzen. Dann knüpften sie ihr Bänder um die Gelenke und fixierten sie an der Wand. Laura fühlte sich hundeelend. Die Glieder schmerzten, aber noch mehr peinigte sie die Tatsache, dass sie sich selbst wieder einmal in missliche Umstände gebracht hatte. Im schlimmsten Fall bezahlte sie diesen Unsinn mit ihrem Leben. Könnte eine Flucht aus dem fahrenden Wagen gelingen? Sie versuchte erfolglos, die Fesseln zu lockern. Sie hörte, wie in der Fahrerkabine ein Handygespräch ablief. Dann die Stimme eines der Männer: »Alles klar. Verstanden.«

»Was war das?«

»Der Boss persönlich hat angerufen. Die Ware ist tabu. Am Wochenende bringen wir sie nach Marseille. Er beabsichtigt, sich selbst um die Angelegenheit zu kümmern. Er habe eine Rechnung mit der ungebetenen Schnüfflerin offen.«

»Ich habe ein Hühnchen mit ihr zu rupfen, nicht mein Boss.«

»Die Anweisungen sind unmissverständlich. Wir müssen sie unversehrt nach Marseille bringen. Du weißt, was das bedeutet.«

Laura fragte sich, um wen es sich bei diesem ominösen Chef handelte. Ihr fiel niemand ein, mit dem sie eine Sache zu bereinigen hatte. Dass Janik auf sie wütend war und ihr eines auswischen wollte, wusste sie. Wer aber war der unbekannte Boss, und was hatte sie ihm angetan? Die Aussicht, dass sie mindestens diese Nacht heil überstehen würde, beruhigte sie ein klein wenig. Sie hatte eine minimale Chance.

Ewig lang musste sie in dieser unbequemen Lage verharren. Unversehens rumpelte es nach einer scharfen Kurve. Sie nahm an, dass sie über eine Schotterstraße fuhren. Laura versuchte abzuschätzen, wie lange sie unterwegs gewesen waren. Allerdings hatte sie vor lauter Aufregung das Zeitgefühl total verloren. Der Wagen stoppte. Hundegebell setzte ein.

»Lassen wir sie im Van?«

»Nein. Wir bringen sie in den Keller.«

Die Tür öffnete sich. Die Augenbinde hatte sich am rechten Auge etwas gelockert. Den Entführern fiel das wegen der Dunkelheit nicht auf. Laura erkannte ein altes Gebäude. Es schien einsam gelegen. In der Gegend brannte nirgendwo Licht. Die zwei packten sie und zerrten sie Richtung Haus.

KAPITEL 29 / ÜBERRASCHUNG

Nach dem Wegzug von Laura aus Zermatt empfand Pedro Sehnsüchte, die er bisher nicht gekannt hatte. Die gemeinsamen Erlebnisse im Laufe ihrer Zeit im Bergdorf hatten ihm eine unbekannte Welt eröffnet. Sie waren zusammen in heikle Situationen geraten. Mit Zivilcourage und gesundem Menschenverstand hatten sie gemeinsam Hürden überwunden. Laura und Pedro hatten beide dasselbe Verständnis für Personen, die zu den schwächsten der Gesellschaft gehörten. Diese Gemeinsamkeiten schufen Nähe. Und diese vermisste er jetzt. Zudem hatte sie ihn einfach genommen, wie er war, und er konnte mit ihrer Lebensart ebenfalls sehr gut umgehen. Seit sie weg war, fehlte ihm der Inhalt des Daseins. Er hatte nach reiflichen Überlegungen einen Entschluss gefasst. Sie war die Frau, mit der er den Rest des Lebens verbringen wollte. Dafür würde er sogar aus dem Bergdorf wegziehen und woanders einen Arbeitsplatz suchen. Deshalb ließ er sich etwas Ungewöhnliches einfallen. Er hatte sich in Montreux für sieben Tage ein Studio mit Blick auf den Genfersee gemietet. Sein Plan war, ungestört mit ihr zusammen über das Leben nachzudenken. Eine erste Hürde hatte er mit Erfolg genommen. Er war sich im Klaren, wohin sein Weg führte.

Seine Absicht war, sie außerhalb der Arbeit zu treffen und mit ihr gemeinsame Stunden zu verbringen. Das Umfeld sollte stimmen. Im Eifer stellte er eine Liste von Ausflugszielen zusammen. Dazu gehörten eine Seerundfahrt mit einem gediegenen Mittagessen auf einem Dampfschiff und eine Fahrt mit dem Chocolat-Express-Zug im Stil der Belle Époque nach Château-d'Oex. Eine weitere Idee war der Besuch der Savoyer Burg Chillon, ein Ausflug mit dem Train de Vignes bis Chexbres durch das Gebiet des Weltnaturerbes und vieles mehr. Frustriert stellte er fest, dass die Saison für ein paar seiner Exkursionspläne vorbei war. Erst im kommenden Frühjahr könnte er all seine Ideen umsetzen. Das störte ihn nicht weiter. Aufgeschoben war bekanntlich nicht aufgehoben. Viel wichtiger erschien ihm, dass er sich sachte vortastete und sie nicht überfiel.

Gegen 14 Uhr traf Pedro Lukic in Montreux ein. Zuerst begab er sich zu seiner Unterkunft. Begeistert schaute er sich um. Die Wohnung war so ausgestattet wie auf der Plattform vorgestellt. Eine kleine Küche mit Essecke, ein bequemes Sofa und in einer Ecke ein großes französisches Bett. Das Schönste war jedoch der Balkon mit dem Bistrotisch, den zwei dazu passenden Stühlen und der Aussicht auf den See und die Berge. Mit einem Glas Wein und einigen auserlesen Delikatessen war das der romantischste Ort, den er sich vorzustellen vermochte. Mit Sicherheit gefiel es Laura. Ein paar beschauliche Stunden waren vorprogrammiert.

Bevor er sie im *Hôtel le Président* überraschen wollte, kaufte er ein. Er plante, den Kühlschrank zu bestücken. Einerseits für den gemeinsamen Abend, andererseits für das Frühstück. Falls Laura über Nacht bliebe, würde er sie am Morgen damit verwöhnen. Er nahm sich vor, alles langsam angehen zu lassen.

Frisch geduscht, in schicker Freizeitkleidung und in gespannter Vorfreude meldete er sich kurz vor 18 Uhr im *Hôtel le Président* und fragte nach Laura.

»Wir rufen sie an. Wie ist Ihr Name?«

»Sagen Sie: ›Besuch aus Zermatt‹.«

»Setzen Sie sich einen Moment.«

Es vergingen ein paar Minuten, bis der Portier mit der Meldung zurückkam, dass sie nicht im Haus sei. Enttäuscht zückte Pedro sein Handy und versuchte selbst, sie anrufen. Das Telefon war ausgeschaltet. Frustriert verabschiedete er sich. Die Überraschung fiel vorerst glatt ins Wasser. Er würde es später nochmals versuchen. Missmutig schlenderte er die Seepromenade entlang, trank in einem Bistro ein Glas *Chasselas* aus der Region und versuchte alle 30 Minuten, wieder anzurufen. Er bekam immer dieselbe Botschaft von *Swisscom*: »Bitte rufen Sie später an. Der gewünschte Teilnehmer ist momentan nicht verfügbar.«

Niedergeschlagen verbrachte er die erste Nacht in seinem Feriendomizil. So hatte er sich das nicht vorgestellt. Sein Plan drohte erbärmlich zu scheitern.

Am nächsten Morgen bekam er wieder keine Antwort. Das bereitete ihm Sorgen. Er rief Arlette Schwarzenbach an, um sich zu erkundigen, wo sich Laura aufhalte. Sie versprach, sofort eine Mitarbeiterin in ihr Zimmer zu schicken, um nachzusehen. Die Zeit bis zum Rückruf schien ihm endlos.

»Frau Pfeiffer ist unauffindbar. Sie hat offenbar die Nacht auswärts verbracht.«

Pedros Frustration steigerte sich ins Unermessliche.

»Macht sie das öfters?«

»Das entzieht sich meiner Kenntnis. Sie ist ein freier Mensch. Sie kommt und geht, wie es ihr gefällt.«

»Können Sie mir eventuell einen Hinweis geben, was sie gestern vorhatte? Ich habe das dumpfe Gefühl, dass sie Nachforschungen betreibt, von denen sie besser die Hände lassen sollte.«

»Im Vertrauen: Das ist so eine Sache. Monsieur Roi und ich haben es ihr ausdrücklich untersagt.«

»Somit kennen Sie also auch ihre Eigenheit, zuzuhören und dann doch zu machen, was sie im Kopf hat?«

»Ja, und wie.«

»Ich warte noch bis zur Mittagszeit. Bei mir blinkt jedoch ein orangefarbenes Warnlicht. Wo Laura sich auch aufhält, ihr engster Begleiter ist stets ihr Handy. Dieses ist permanent auf Empfang und bereit, jedes Bildmotiv aufzunehmen.«

»Stimmt. Ich habe sie nie ohne ihr betriebsbereites Telefon gesehen. In irgendeiner Tasche steckt es immer.«

»So ist es.«

Lukic nickte und überlegte das weitere Vorgehen. Es war ihm nicht möglich, tatenlos zu warten. Deshalb fragte er: »Es ist beinahe eine Zumutung, worum ich Sie jetzt bitte. Könnten Sie in Ihrem Betrieb eine Umfrage starten, ob jemand etwas über ihren Verbleib weiß?«

»Nein! Vergessen Sie es. Wissen Sie, wie viele Mitarbeiter wir haben, Herr Lukic? Zudem besteht meine Aufgabe nicht darin, meine Assistentin zu überwachen. Tut mir leid.«

Pedro ließ nicht locker.

»Ja. Ich habe begriffen. Dann erlauben Sie mir wenigsten, in ihrem Zimmer nach Hinweisen zu suchen.«

»Wenn es sein muss. Melden Sie sich beim Portier. Er wird Sie hinaufführen und warten, bis Sie Ihre ›Indizien‹ gefunden haben.«

Arlette Schwarzenbach fühlte sich nicht wohl bei der ganzen Angelegenheit. Sie drohte, in die Bredouille zu geraten. Sie hatte Laura aus einem speziellen Beweggrund angestellt. Sie hatte schon beim Anstellungsgespräch gemerkt, dass diese den Problemen nachging, nachhakte, nicht aufgab, weitersuchte, bis die Sachlage geklärt war. Darum hatte sie sich für diese Frau entschieden. Sie hatte jemanden gesucht, der ihren Kummer und ihr Problem aus dem Weg räumte. Selbst aktiv zu intervenieren, war ihr viel zu brenzlig. Sie wollte Brian Jones nicht denunzieren. Sie fürchtete um ihre Anstellung. In ihrem Alter fand man nichts Neues. Zudem war das *le Président* ihr Zuhause. Sie beabsichtigte, bis zu ihrer Pension in zehn Jahren hierzubleiben. So wie sich die Situation zugespitzt hatte, war es ihr unmöglich erschienen. Laura bedeutete für sie die Lösung. Dass ihr aber etwas Ernstes zugestoßen sein könnte, beunruhigte sie zutiefst. Sie hatte die junge Assistentin schätzen gelernt.

Sie entschied sich, diesem Lukic über die Schultern zu schauen. Womöglich ergab sich ein Hinweis auf den Aufenthaltsort von Laura. Auf dem Weg in das Dachgeschoss legte sie eine Schlaufe ein. Im Personalbüro fragte sie bei Pauline Roux nach, ob sie etwas über den Aufenthalt von Laura wisse. Sie werde vermisst. Diese schaute erstaunt von ihrer Arbeit auf und stockte einen Moment. Arlette bemerkte die Reaktion. Ungeduldig hakte sie nach: »Und?«

»Ich habe sie gestern kurz gegen Mittag weggehen sehen. Sie hatte einen Rucksack bei sich. Sie …«

»Was sie …? Reden Sie schon!«

»Janik Antonescu hat sich ihr an die Fersen geheftet.«

»Das darf nicht wahr sein. Das erfahre ich jetzt von Ihnen? Als Personalchefin sollten Sie sofort die Brisanz dieser Beobachtung erkannt haben. Das wird ein Nachspiel haben.«

Arlette Schwarzenbach drehte sich um und stürmte zu Lauras Zimmer. Dort stand der Portier mit verschränkten Armen im Türrahmen und beobachtete Pedro mit Argusaugen. Dieser hatte hinter dem Spülkasten der Toilette ein Notizblatt gefunden. Als Polizist kannte er die beliebtesten Verstecke und nahm diese immer schnell unter die Lupe. Laura hatte ein Mindmap gezeichnet. In Kreisen waren die Namen der rumänischen Mitarbeiterinnen aufgezeichnet. Hinter »Svetlana« hatte sie ein Kreuz gemalt. Bei »Olga« ein Fragezeichen. Verbindungsstriche deuteten Gemeinsamkeiten an. Beide stammten aus Rumänien, wurden von derselben Agentur vermittelt und von Pauline Roux eingestellt. Die zwei Frauen waren im Fotostudio bei Carole. Hier war ein Vermerk: »Modelagentur«. Hinter dem Wort »Olga« stand »Hôtel Étoile, Évian-les-Bains, Puff und Frauenhandel?«.

Im Papierkorb fand er die Verpackung eines Aufklebeschnauzes und einen Einkaufszettel von Lederhandschuhen und einer Männermütze. So langsam dämmerte es ihm. Sein Gesicht verfinsterte sich. Alles wie gehabt. Lukic kombinierte blitzschnell. Sie hatte es wieder einmal wissen wollen und war auf die irrwitzige Idee gekommen, im Bordell nachzufragen. Dass sie von ihrem abstrusen Abenteuer nicht zurückgekehrt war, deutete darauf hin, dass etwas schiefgelaufen war. Zwei Vermutungen standen im Raum. Laura hatte einen konkreten Verdacht, der offensichtlich zutraf. Dabei musste sie aufgeflogen sein. Nun tauchte noch diese Arlette Schwarzenbach auf und verriet ihm, dass jemand aus dem Haus eine brisante Beobachtung gemacht hatte. Laura war beim Verlassen des Hotels von einem ehemaligen Mitarbeiter verfolgt worden. Zudem hatte dieser Rachegedanken, weil er ihretwegen die Stelle verloren hatte. Ob da ein Zusammenhang bestand, schien für Lukic im Moment nicht schlüssig. Sein Polizeiinstinkt veranlasste ihn, Hilfe anzufordern. Auf dem Pult von Laura lag die Visitenkarte von Hauptinspektor Petitjean. Pedro verbummelte keine Minute und rief dort an. Kurz erklärte er die Situation. Glücklicherweise hatte sein Kollege ein offenes Ohr und hörte ihm ohne Unterbrechung zu.

KAPITEL 30 / AUSSICHTSLOS

»Wie kam ich nur auf die Schnapsidee, mich als Mann zu verkleiden und in einem Bordell nach einer vermissten Mitarbeiterin zu suchen?«

Die Frage stellte sich Laura immer wieder aufs Neue. Nur half ihr das nicht weiter. Sie saß zusammengekauert und fröstelnd in einer schmuddeligen Ecke eines feuchten Kellergewölbes. Die abgestandene Luft und der fahle Lichtschimmer, der durch eine Maueröffnung eindrang, lösten Angstzustände aus. Kalter Schweiß rann ihr über den Rücken. Ein Schüttelfrost nach dem andern durchströmte den Körper. Die Atemzüge wurden flacher und schneller. Ein unsichtbarer Würgegriff drohte ihr die Kehle abzuschnüren. Ein Muskelkrampf im Oberkörper schmerzte. Reflexartig rappelte sie sich mit letzter Kraft auf. Vorsichtig tastete sie sich entlang der feuchten Bruchsteinmauer. Ihre Gangart wurde bei jedem Schritt sicherer. Sie atmete langsam ein und aus. Ihr Körper entspannte sich allmählich. Das milderte ihr Unwohlsein und löste eine kämpferische Reaktion aus. Ihr unverbesserlicher Optimismus, der in ihrem Innersten verankert war, meldete sich zurück. Sie summte ein Lied. Ihre Mutter hatte es ihr immer vorgesungen, wenn sie abends vorgab, sich im Dunkeln zu fürchten. Es hatte immer geholfen. Ein kleiner Funken Hoffnung keimte auf. An diesen klammerte sie sich mit jeder Faser ihres Körpers. Arlette Schwarzenbach würde gewiss hellhörig werden, wenn sie am Morgen nicht zur Arbeit erschien. Ein Wechselbad der Gefühle überrollte sie. Sie malte sich in düsteren Farben aus, was bis dahin alles geschehen könnte. Sie setzte sich wieder. Ihr Körper fing erneut an zu zittern. Kälte stieg langsam von den Zehen her die Beine hoch. Im Kopf entwickelten sich mögliche Szenarien. Unter Umständen würde sie von den Schurken an einen anderen Ort gebracht, misshandelt oder im schlimmsten Fall beiseitegeschafft. Beim Gedanken an das drohende Unheil durchzuckte ein Schüttelfrost ihren Körper. Auf der Holzkiste verharren, sich ängstigen und tatenlos Zeit verschwenden, brachte sie nicht weiter. Nur, was vermochte sie zu unternehmen? Auf jeden Fall war es wichtig, dass sie Ruhe bewahrte. Besonnen versuchte sie, die Situation zu analysieren. Ihre persönlichen Gegenstände hatten ihr die Männer abgenommen. Ihr zusammenklappbares Telefon, das Portemonnaie und den ganzen Inhalt ihres Rucksacks. Alles? Nein! Etwas hatten die kahlköpfigen Bodyguards übersehen. In einem Socken hatte sie vorsorglich ein mini Prepaid-Handy versteckt. Sie zog es hervor. Dass sie in diesem Loch keinen Empfang hatte, erstaunte sie kaum. 22 Uhr zeigte das Display an. Sie saß demzufolge schon etwa eine Stunde in dem vermaledeiten Keller. Aus lauter Gewohnheit schoss sie ein paar Bilder. Es war wie eine Sucht von ihr, Eindrücke mit der Kamera festzuhalten. Normalerweise teilte sie manche davon auf den sozialen Medien. Sie fragte sich, ob sie dafür je wieder Gelegenheit haben würde. Gänsehaut überzog ihre Arme bei diesen Überlegungen, und sie zitterte erneut. Sie verglich sich mit dem Skelett im Klassenzimmer des Biologielehrers. Das hatte so geklappert, wenn sie es beim Vorbeigehen touchierte. Ein makabrer Vergleich. Trotzdem rang es ihr ein müdes Lächeln ab.

»Klar überlegen und tief durchatmen«, flüsterte sie. Das Handy mochte ihr später nützlich sein, aber nur wenn es genügend Akkureserve hatte. Deshalb schaltete sie es aus und steckte es zurück in den Socken. Zum Glück hatten ihr die Gauner nur die dämliche Verkleidung abgerissen und sie nicht vollkommen ausgezogen. Von Neuem mühte sie sich mit der Frage ab, wie sie auf diese naive Idee gekommen war. Sie hatte spekuliert, mit diesem abstrusen Manöver Olga unversehrt zu finden. Schon wieder ertappte sie sich bei nichtsnutzigen Überlegungen. Sie war doch ein Organisations- und Improvisationstalent. Wenn sie angestrengt nachdachte, fand sie gewiss einen Ausweg aus dieser misslichen Situation. Vielleicht gab es eine Gelegenheit, mit den Drahtziehern oder deren Handlangern zu verhandeln. Dafür musste sie diese in ein Gespräch verwickeln können, was kaum umzusetzen war, weil diese unerkannt aus der Ferne operierten. Zu allem Überdruss gab es auch keine erkennbaren Fluchtwege. In diesem Kellerloch gab es nur hoch oben eine vergitterte Mauernische. In einer Ecke lag eine schmutzige Matratze, die ihre besten Zeiten gesehen hatte. Ein gelber, verschlissener Plastikstuhl stand daneben. Unweit der Tür sah sie einen Kessel mit einem Deckel. Sie vermutete, wofür dieser vorgesehen war. Ihre Blase drückte sie schon eine halbe Ewigkeit. Laura widerte es an, dieses Gefäß zu benutzen. Lange würde sie es allerdings nicht mehr aushalten. Zum Glück war sie nicht gefesselt. Sie nutzte die Möglichkeit sich zu bewegen. Sie schlurfte zur Tür und begutachtete das Türschloss. Dem Rost nach zu schließen, war es in die Jahre gekommen. Der Schlüssel steckte außen. Das war eine verheißungsvolle Entdeckung. Einen Versuch war es wert. Nur fehlte das großflächige Papier, das sie unter dem Türspalt auf die andere Seite schieben konnte, um den herunterfallenden Schlüssel aufzufangen. Diese Methode hatte sie einmal in einem schrillen Fernsehkrimi gesehen. Es fehlte ihr jedoch ein geeigneter Stift oder Draht, um das Schloss zu manipulieren.

»Nicht aufgeben, weiter überlegen«, sprach sie sich selbst Mut zu. Sie zückte wieder ihr Handy und nutzte die Taschenlampenfunktion. Akribisch genau schritt sie den Raum ab und inspizierte jeden Winkel. Sie fand nichts Brauchbares. Sie wurde ungeduldig. Zudem drückte sie die Blase so sehr, dass es nicht mehr anders ging, als den Kessel zu benutzen. Sie löste den Gurt ihrer Hose. Das brachte sie auf die Idee, den Dorn der Schnalle zu benutzen und mit diesem das Türschloss zu manipulieren. Das könnte funktionieren. Ab dem Moment explodierten die Geistesblitze. Sie hatte einen ergebnisorientierten Ansatz gefunden, dem verfluchten Loch zu entrinnen. Wie es dann weiterging, stand in den Sternen geschrieben. Überlebenswichtig war jetzt, dass sie nicht in Lethargie versank. Mit der zündenden Idee kam sie weiter. Sie zog ihr Unterhemd aus und versuchte, dieses mit dem Gurt unter der Tür durchzuschieben. Ihr Vorhaben schien zu klappen. Noch bevor ihr Manöver halbwegs geglückt war, hörte sie Schritte auf der anderen Seite der Gefängnistür.

Flugs zog sie ihr Hemd zurück, verstaute es unter ihrem Pullover und setzte sich bange auf ihre Kiste. Kaum hatte sie Platz genommen, öffnete sich die Tür einen Spalt breit. Tätowierte Arme schoben ein Tablett mit einem Sandwich und einer Flasche Mineralwasser durch.

»Stopp«, schrie Laura und sprang auf. »Ich will Sie sprechen. Warum halten Sie mich hier fest? Wer sind Sie?«

»Ferme ta gueule«.

Hatte sie dafür jahrelang Französisch gelernt, um zu verstehen, dass sie die Schnauze halten solle? Die Tür fiel krachend ins Schloss. Schlurfende Schritte entfernten sich. Eine beklemmende Stimmung peinigte Laura. Sie tastete sich im fahlen Licht an das Tablett heran. Hunger und Durst plagten sie. Aber sie wagte nicht, etwas anzufassen. Im dümmsten Fall vergiftete oder betäubte man sie damit. Die Mineralwasserflasche war zwar fest verschlossen. Dennoch nahm sie sich vor, die Henkersmahlzeit ihrer Peiniger zu verschmähen. Ihre Priorität galt dem Ausbruchversuch. Diesmal schob sie ihr Unterhemd zügig unter der Tür durch. Die Auffangvorrichtung für den Schlüssel schien optimal ausgerichtet zu sein. Ein letzter Blick den Fußboden entlang bestätigte die Vermutung. Dann hantierte sie mit dem Dorn im Schlüsselloch. Sie hatte ihre liebe Mühe, weil ihre Finger wie Espenlaub zitterten. Die Angst saß ihr im Nacken. Sie fürchtete, erneut gestört zu werden. Auf keinen Fall durfte sie bei ihrem Fluchtversuch erwischt werden. Welche Konsequenzen das mit sich bringen würde, wagte sie sich nicht auszudenken. Beinah gab sie auf, aber ihre Kämpfernatur setzte ein weiteres Mal Energien frei. Sie sah nur eine Möglichkeit hier rauszukommen: Hilf dir selbst – es hilft dir keiner. Wie ein Refrain ertönte in ihren Gedanken die Frage, weshalb sie in ein solches Schlamassel geraten war.

KAPITEL 31 / WACHHUND

Laura gelang es tatsächlich, die verfluchte Tür des Kellers zu öffnen. Sie schlich zur Treppe, die ins Obergeschoss führte und lauschte, ob sie Stimmen hörte. Es war still. Scheinbar hatten sich ihre Entführer schlafen gelegt. Sie setzte vorsichtig einen Schritt vor den anderen. Auf keinen Fall wollte sie Geräusche verursachen. Zu ihrem großen Glück führte die Treppe nicht ins Haus, sondern direkt in den Garten des alten Bauernhauses. Die Umgebung war verwildert. Brombeerranken hatten sich im Obstgarten breitgemacht. Vor dem Ausgang waren Bretter aufgestellt. Einen Durchlass hatten sich die Männer freigehalten, damit sie selbst störungsfrei rein- und rauskamen. Bevor sie einen Schritt in die Freiheit wagte, schaute sie sich nach rechts und links um. Ihr Augen gewöhnten sich schnell an die Dunkelheit. Die leichte Bewölkung schien das Mondlicht zu reflektieren. Die Konturen der Landschaft konnte man schwach erkennen. Aus dem Inneren des Hauses leuchtete keine Lampe. Neben dem Eingang flackerte eine Glühbirne und hüllte die nähere Umgebung in ein schummriges Licht. Laura erkannte, dass ein paar Meter weiter weg eine Hecke den Obstgarten vom angrenzenden Lärchenwald trennte. Wenn sie es bis dorthin schaffte, hatte sie eine große Chance zu entkommen. Sie musste es wagen. Sie war im Begriff aufzubrechen, als Hundegebell ertönte. Erstarrt verharrte sie auf der Stelle. Falls dieses Tier nicht angekettet war, würde ihr Plan misslingen. Sie hörte, wie sich im Obergeschoss ein Fenster öffnete und jemand mit einer Taschenlampe die Gegend ableuchtete.

»Schnauze, Rambo. Es ist Nachtruhe«, schrie eine Männerstimme. Auf Befehl verstummte der Hund. Sie wartete, bis wieder Ruhe einkehrte. Aber was würde geschehen, wenn sie zum Waldrand schlich? Würde das Tier wieder anschlagen und die Männer aufwecken? Konnte sie es wagen, oder war die Aktion zu riskant? Sie überlegte hin und her. Geraume Zeit verstrich, bevor sie ihren Entschluss fasste. Zurück in den Keller war keine Option. Sie sah nur einen Ausweg. Flink wie ein Wiesel hastete sie bis zu den Sträuchern und direkt in den Wald. Tatsächlich fing Rambo an zu bellen. Sie war jedoch bereits zwischen den Bäumen verschwunden, als erneut die Männerstimme ertönte. Er schimpfte mit dem Tier. Auf dem Boden liegend hörte sie dem Gezeter zu. Wieder wartete sie. Erst wenn totale Ruhe einkehrte, würde sie aufstehen und davonschleichen. Sie zog schon einmal ihr Handy aus den Socken. Da schoss ihr durch den Kopf, dass der Lichtschimmer sie verraten könnte. Im sicheren Abstand würde sie es benutzen. Der Hund hatte aufgehört zu bellen. Im Gebäude gab es jedoch Licht. Nahmen die Männer eine Kontrolle vor? Sie erschauderte, blieb aber liegen. Den Kopf legte sie auf den Boden. Sie beobachtete das Haus aus dem Blickwinkel. Ein Mann trat vor die Tür und schritt Richtung Kellereingang. Bestimmt würde er bald entdecken, dass seine Gefangene geflohen war, und die Verfolgung aufnehmen. Womöglich mit dem Hund. Dann war sie geliefert. Ihr ganzer Körper schlotterte. Ironisch dachte sie: Zum Glück hörte man das bebende Zittern nicht.

»Du kommst jetzt ins Haus und gibst endlich Ruhe!«, schrie der Hundehalter. Sie sah, wie er ein Tier an einer Leine ins Innere riss.

Der Stein, der ihr vom Herzen fiel, war gigantisch und hätte das Zittern um ein Vielfaches übertönt. Nun war es stockdunkel im verwunschenen Gebäude. Kein Lichtschimmer, kein verdächtiges Geräusch drang ins Freie. Laura drehte dem Haus den Rücken zu und marschierte los. Wohin wusste sie nicht. Einfach weg von hier. Es war beinahe rabenschwarz im Wald. Es roch nach Harz und Herbstlaub von Eichen. Lange wagte sie nicht, ihr Handy einschalten. So tastete sie sich zwischen den Baumstämmen weiter fort vom Hof und hoffte, bald auf einen Weg zu stoßen. Nach einer gefühlten Ewigkeit hörte sie das Gebimmel von Kuhglocken. Das gab ihren neuen Auftrieb. Sie strebte zielbewusst auf die Weide zu. Vor lauter Freude achtete sie nicht mehr auf den Boden und stolperte über eine Wurzel. Sie fiel der Länge nach hin. Ihr Fuß blieb hängen und verdrehte sich. Ein Schmerz durchzuckte sie bis zu den Haarwurzeln. Das Handy, das sie in der Hand gehalten hatte, flog davon.

»Verdammt«, entfuhr es ihr. »Auch das noch.«

Nachdem der stechende Schmerz ein wenig nachgelassen hatte, setzte sie sich hin. Das Geläute war ihr im Moment egal. Sie musste ihr Ersatzhandy wiederfinden. Also kroch sie auf allen vieren über den Waldboden und wischte mit einer Hand von links nach rechts. Die Laubblätter stoben davon und verursachten dieses Knistern, das sie sonst so gern hörte. Heute nervte es sie. Systematisch fegte sie weiter. Der Erfolg stellte sich nicht schnell ein. Erst nach geraumer Zeit fand sie ihren kleinen Lebensretter. Sie aktivierte das Mobiltelefon. Der Akkustand war tief. Sie nahm sich vor, die Taschenlampenfunktion nicht zu nutzen. Wichtig war, dass sie jemanden um Hilfe bitten konnte. Dafür war es erforderlich zu wissen, wo sie sich aufhielt oder die Möglichkeit haben, ihr Handy zu orten. Aber im Moment war sie chancenlos. Sie hatte keinen Empfang. Sie schaltete das Telefon wieder aus. Einen Augenblick blieb sie sitzen und überlegte. Sollte sie warten, bis die Dämmerung anbrach, oder war das zu gefährlich, weil bis dann ihre Entführer ihre Flucht entdeckt hatten? Sie entschied sich weiterzugehen. Es war eher ein Weiterhumpeln ins Ungewisse, als gezielt und zügig wie ein Orientierungsläufer das Ziel zu erreichen. Sie suchte einen Stock, um sich ein wenig abzustützen. Tatsächlich kam sie zu der Wiese, auf der Kühe lagen und wiederkäuten. Sie folgerte, dass ihr Stall und der Hof nicht weit weg sein konnten. Wie sicher war es, im Morgengrauen dort anzuklopfen? Es könnten doch Verbindungen zu den Nachbarn bestehen? Sie wagte es nicht, ein zusätzliches Risiko einzugehen. Sie traute keiner Person mehr. Niemandem. Und wer aus dem *Hôtel le Président* war in die Sache verwickelt? Im Moment schloss sie keinen aus. Wer verblieb überhaupt, den sie anrufen und um Hilfe bitten konnte? Ihr kam nur Pedro Lukic in den Sinn. Sie hinkte den Drahtzaun der Weide entlang und kam zu einem Schotterweg. Sie nahm an, dass es die Zufahrt zum Hof war, von dem sie geflohen war. Bei der Anfahrt hatte es sie im letzten Teilstück auf der Ladefläche im Van ziemlich durchgeschüttelt. War es dann sicher, hier weiterzumarschieren? Es bestand die Möglichkeit, dass die beiden Entführer auf einmal auftauchten. Sie entschied sich, trotz des schmerzenden Fußes neben dem Weg im Schutz einer Hecke entlangzuhumpeln. Das Vorankommen erwies sich als beschwerlich. Immer wieder setzte sie sich hin. Langsam dämmerte der Morgen. Hoffnungslosigkeit erfasste Laura. Da hörte sie ein Motorengeräusch. Es dröhnte aus der Richtung, aus der sie gekommen war. Die beiden Ganoven hatten bestimmt ihre Flucht bemerkt und waren nun auf der Suche nach ihr. Sie legte sich flach auf den Boden. Zum Glück war sie nicht auf der Straße geblieben. Der bewachsende Zaun schützte sie. Sie wagte keine Bewegung und blieb noch liegen, nachdem das Geräusch schon lang verklungen war. Die Feuchtigkeit des Grases netzte ihre Kleidung, und sie fror. Sie beschloss weiterzustapfen. Allerdings nicht auf der Straße, sondern geschützt hinter den Büschen. Aus der Ferne hörte sie Kirchengeläut. Die Glocke läutete sechs Mal. Das Wissen um die Nähe eines Dorfes ermutigte sie, nicht aufzugeben. Dort würde sie sich sicherer fühlen als im Wald. Es war unmöglich, dass eine ganze Dorfgemeinschaft unter der gleichen Decke steckte wie die Entführer. Zudem würde sie endlich erfahren, wo sie sich aufhielt. Diese Einsicht gab ihr enormen Auftrieb. Zu ihrem Erstaunen erblickte sie eine gebirgige Umgebung mit lang gezogenen Tälern, die zu den goldgelben Lärchenwäldern aufstiegen. Oberhalb der Waldgrenze stiegen die Bergflanken immer steiler zu Gipfeln an, die mit erstem Schnee bedeckt waren. Der mächtigste Berg strahlte im frühen Sonnenlicht. Könnte das der majestätische Mont Blanc sein? Dann wäre sie in der Schweiz oder im Grenzgebiet.

KAPITEL 32 / FAHNDUNG

Nach dem Telefongespräch mit Pedro Lukic kam Hauptkommissar Petitjean mit Inspektor Bonnet ins *Hôtel le Président*. Sie verlangten, die Personalunterlagen von Laura zu sehen, um sämtliche Informationen für ihre Akten zu sammeln. Zudem beabsichtigten sie, mit Pauline Roux und mit Arlette Schwarzenbach zu sprechen. Sie erfuhren nicht mehr von den beiden Damen als ihr Kollege aus Zermatt. Neu war für sie das Element des geschassten Hotelangestellten Janik Antonescu. Diese Geschichte hatte ihnen bis jetzt niemand erzählt. Sie waren darüber sehr verwundert. Denn schon nach dem Einbruch und dem Verschwinden von Olga Daskalu hätten sie gerne über diese Hinweise verfügt. Auf solche Informationen hatten sie gewartet. Die Rolle dieses Mannes betrachteten sie als ein weiteres Puzzlestück bei der Lösung des Falls. Dass Laura von ihrem Ausflug nicht zurückgekehrt und von dem sonderbaren Zeitgenossen verfolgt worden war, stellte für sie einen möglichen Zusammenhang dar. Sie veranlassten eine Fahndung nach Janik. Zusätzlich nahmen sie mit der französischen Polizei Kontakt auf, mit der sie bereits seit einiger Zeit in Verbindung standen. Es wurde vereinbart, dass im *Hôtel Étoile* eine Razzia durchgeführt werden solle. Das war natürlich nicht von einer Stunde auf die andere möglich. Dafür brauchte es eine Bewilligung des Präfekten und eine akribische Planung. Die Kollegen auf der gegenüberliegenden Seeseite ließen sich darauf ein. Sie versprachen, Meldung zu geben, verlangten jedoch Stillschweigen allen Personen im Hotel gegenüber. Nur die Polizeidienststellen in Frankreich und der Schweiz hatten davon Kenntnis. Lukic versuchte immer wieder, auf Lauras Handy anzurufen, aber es blieb stumm. In seinem Magen bildete sich ein Knoten. Er spürte, dass sich eine wahnsinnige Anspannung in ihm breitmachte. Er, der normalerweise Delikte sachlich anging, realisierte, dass bei persönlicher Betroffenheit auf einmal alles anders rüberkam. Ängste und Emotionen kämpften gegen die Hoffnung. Äußerlich versuchte er, das zu verbergen. Während ihrer Strategieplanung klopfte es an der Tür des Sitzungszimmers. Arlette Schwarzenbach meldete, dass ein gewisser Hans Urech sich nach Laura erkundigt habe. Er erwarte einen Rückruf von ihr und wolle nachfragen, ob es ihr gut gehe.

»Sie haben keine Infos preisgegeben, nehme ich an?«, fragte Hauptinspektor Petitjean.

»Nein. Natürlich nicht.«

»Bringen Sie ihn herein.«

»Guten Tag,« der Journalist betrat in seiner jovialen Art den Raum und schaute sich fragend um.

»Die Dame hat sich wohl geirrt. Ich suche Frau Pfeiffer. Hier findet jedoch eine Sitzung unter Männern statt.«

»Sie sind hier genau richtig. Bitte setzen Sie sich.«

Der Hauptinspektor zeigte auf einen Stuhl und stellte die beiden anderen Herren vor.

»Darf ich fragen, was das soll?«

»Frau Pfeiffer wird vermisst. Wir nehmen an, dass sie sich in Frankreich aufhält. In welchem Verhältnis stehen Sie zu ihr? Wissen Sie etwas über ihren Aufenthaltsort?«

»Was?«

»Bitte beantworten Sie meine Fragen, Herr Urech.«

Hans schluckte und schaute einen nach dem anderen fragend an, bevor er antwortete.

»Wir sind Schulfreunde und begegneten uns hier in Montreux zufällig bei einem Spaziergang. Ich bin Journalist und schreibe an einem Artikel über das Jazz Festival. Wir haben uns in den letzten Wochen ab und zu getroffen und sind uns nähergekommen.«

Pedro Lukic hörte mit gespitzten Ohren zu. Er hatte immer angenommen, dass sie viel arbeite und keine Freizeit habe. Nun vernahm er, dass Laura mit diesem Mann eine Beziehung eingegangen war. Und er Volltrottel kam hierhin, um sie zu überraschen und mit ihr über eine gemeinsame Zukunft zu sprechen. War sie deshalb so zurückhaltend gewesen, als er sie letzthin am Telefon darauf angesprochen hatte? Verletzt drehte er sich zum Fenster. Statt der strahlenden Herbstlandschaft sah er ein heftiges Gewitter mit schwarzen Wolken über dem aufgewühlten See aufziehen. Am liebsten wäre er sofort abgereist. Dann besann er sich aber eines Besseren. Im Moment ging es einzig und allein darum, Laura zu finden. Alles andere beabsichtigte er nachher zu analysieren und zu regeln. Halbwegs gefasst hörte er der Befragung wieder zu. Von Hans Urech bekamen sie keine brauchbaren Hinweise.

»Bitte geben Sie mir Bescheid, wenn Sie etwas über den

Verbleib meiner Freundin wissen«, sagte Urech beim Verlassen des Raums. »Meine Nummer haben Sie ja.«

Dies war ein erneuter Schlag in die Magengrube von Lukic. Wieso erlaubte sich dieser Lackaffe, sie seine *Freundin* zu nennen? Aus Pedros Sicht war dieser Status noch nicht definitiv vergeben. Er würde dafür kämpfen. Aber zuerst ging es darum, Laura zu finden. Er zog ihre Mindmap nochmals heran und studierte jedes Wort. In einer Ecke stand kleingeschrieben »Hans Urech«. Die Bezeichnung war nicht eingerahmt. Eine schwache Linie zog sich zur Namensbox von Abel Roi, auf der ein Fragezeichen thronte. Der Chef schien eine Hauptperson. Aus dessen Eintrag führten weitere Linie weg. Eine davon endete in einem Kästchen: Brian Jones.

»Sagt Ihnen dieser Name etwas?«, erkundigte er sich bei seinen Polizeikollegen aus dem Kanton Waadt.

»Im ersten Moment nicht. Wir fragen bei Frau Schwarzenbach nach.«

Der Inspektor griff zum Telefon und erledigte die Aufgabe umgehend. Im Verlauf des Gesprächs nickte er immer wieder, antwortete mit einem »so, so« oder einem »aha«.

»Und?«

»Sie sagt, dass es sich bei Brian Jones um einen Freund von Monsieur le Président handelt. Er sei ab und an hier. Die beiden kennen sich seit der Collegezeit des Betriebsinhabers in den USA.«

»Aha«, sagte nun auch Pedro Lukic.

»Wir verfolgen auf jeden Fall alle Spuren.

KAPITEL 33 / CHÂTEL

Auf der Ortstafel am Dorfeingang stand in schwarzer Schrift auf weißem Hintergrund: »Châtel«. Laura sah sich bestätigt, dass sie sich in einer Bergregion Frankreichs befand. In der Schweiz waren die Schilder blauweiß. Bevor sie ihr Handy zückte, humpelte sie Richtung Zentrum. Sie war darauf bedacht, nicht allein auf freiem Feld herumzustehen. Für die Verfolger wäre sie dann eine einfache Beute. In der Ortschaft fühlte sie sich vor einer zweiten Entführung sicherer. Noch bevor sie ihr Handy aktivierte, fiel es ihr wie Schuppen von den Augen. Sie hatte vergessen, die Kontakte und Telefonnummern zu übertragen und zu speichern. Nicht einmal jene von Pedro kannte sie auswendig. Sie hätte sich die Haare raufen können. Was hatte sie sich dabei überlegt, als sie dieses Prepaid Ding gekauft hatte? Auf einer Informationstafel beim Tourismusbüro entdeckte sie, dass es im Ort eine Polizeistation gab. Erleichtert atmete sie auf. Sie versuchte, sich den Weg dorthin zu merken. Sie war bereits aufgebrochen, da sah sie einen dunklen Van die Dorfstraße entlangfahren. Sie stand bei einem Gebäude, neben dem eine Treppe zu einer Seitengasse führte. Schnell nahm sie eine Stufe nach der anderen. Oben angekommen, versteckte sie sich hinter einem Brunnen und sah aus der Deckung, wie das Fahrzeug langsam genau an der Stelle vorbeifuhr, wo sie vor einer Minute gestanden hatte. Sie war überzeugt, dass sie gesucht wurde. Daran bestand kein Zweifel. Sie war sich im Klaren, dass sie für ihren Ausbruch teuer zu zahlen hätte, falls sie geschnappt würde. Es blieb ihr keine andere Wahl, als es bis zur Gendarmerie zu schaffen. Dort bekäme sie Hilfe. Andererseits wäre es möglich, dass ihre Verfolger die gleichen Überlegungen anstellten und sie dort abpassten. Sie überlegte sich eine andere Strategie. So früh am Morgen waren keine Geschäfte geöffnet. Einzig in der Bäckerei gegenüber brannte Licht. Der Duft von frischem Brot verriet ihr zudem, dass gearbeitet wurde. Dorthin konnte sie sich gefahrlos wagen, ohne gesehen zu werden. Bestimmt würden ihr die Bäcker helfen und die Gendarmerie verständigen.

Sie klopfte an die Tür, hinter der sie die Backstube vermutete. Es duftete jetzt intensiv, und sie merkte, dass sie Hunger und Durst hatte.

»Bonjour«, rief sie und trat ein. Vier Männeraugen schauten sie an, derweil die dazugehörigen Hände weiter fleißig der Arbeit nachgingen.

»Es ist geschlossen. Der Laden öffnet erst in einer Stunde. Was wollen Sie?«

»Ich wurde entführt, bin geflohen und werde verfolgt. Bitte rufen Sie die Gendarmerie.«

Noch kürzer hätte sie die Situation nicht beschreiben können. Den beiden Bäckern fiel die Kinnlade runter. Sie hielten inne. Ungläubig betrachteten sie Laura von oben bis unten.

»Bitte! Selbstverständlich erstatte ich Ihnen die Kosten für den Anruf. Aber rufen Sie an«, schob sie nach.

Der Bäckermeister wischte seine Hände an der Schürze ab, griff in die Hosentasche und zückte sein Mobiltelefon.

»Jean, bitte komm sofort in die Backstube. Es eilt. Wir haben eine Frau hier, die behauptet, entführt worden zu sein. Sie sei ausgebrochen und werde verfolgt.«

Sie hörte, dass jemand auf der Gegenseite etwas erwiderte.

»Nein. Es ist kein Scherz. Bitte komm sofort.«

Er legte das Telefon auf den Tisch, so als wolle er es in Griffnähe behalten.

»Haben Sie Hunger und Durst?«, fragte er.

Sie nickte.

»Setzten Sie sich dort hinten an das Tischchen.

Er deutete mit dem Finger zur Pausenecke.

»Ich bringe Ihnen etwas. Der Gendarm kommt in ein paar Minuten.«

Sie ließ sich erleichtert auf den Stuhl fallen. Sie konnte sich nicht erinnern, je einen so guten Kaffee und ein so frisches Croissant gegessen zu haben. Kaum hatte sie ihren drängendsten Hunger gestillt, erschien Jean Picard, der örtliche Polizist. Er setzte sich zu ihr an den Tisch, bediente sich mit einer Zimtschnecke und hörte Laura aufmerksam zu. Die beiden Bäcker hatten die Arbeit ruhen lassen und standen entgeistert daneben. Mit vollem Mund erwiderte der Gendarm: »Das klingt wie eine Kriminalgeschichte. Einen dunklen Van habe ich bei der Polizeistation tatsächlich gesehen, als ich das Haus verlassen habe. Es ist möglich, dass jemand darauf wartet, dass

Sie sich bei uns melden. Ich rufe mal meine Frau an und frage, ob der Wagen immer noch dasteht.«

»Und sie soll das Nummernschild entziffern und schauen, ob Personen drinsitzen«, fuhr Laura dazwischen.

Jean Picard hielt im Kauen inne und schaute sie streng an.

»Geben Sie mir Anweisungen?«

»Natürlich nicht. Entschuldigen Sie. Ich denke nur mit.«

»Pas de soucis*, Madame. Meine Frau ist neugierig. Sie wird gerne nachsehen. Und hinterher nehme ich mit dem Kollegen in der Schweiz Kontakt auf. Wie, haben Sie gesagt, heißt er.«

»Hauptkommissar Petitjean, Montreux.«

»Seltsamer Name. Ich kenne eher Leute mit dem Nachnamen Grandjean. Aber in der Schweiz ist halt alles ein wenig kleiner als bei uns.«

Trotz der bedrohlichen Situation überzog ein leichtes Grinsen sein Gesicht. Dann wurde er wieder ernst und gab dem Bäcker Anweisungen.

»Bring Madame Pfeiffer in einen anderen Raum. Hast du ein Zimmer, wo sie sich ausruhen kann?«

»Ja, wir haben ein Gästezimmer, das frei ist.«

»Schließen Sie sich dort ein und öffnen Sie nur, wenn ich mich persönlich wieder melde. Ist das klar?«

Laura nickte.

»Ich gehe in die Gendarmerie und veranlasse alles Nötige. Niemand darf zu ihr rein, bis ich wieder zurück bin. Verstanden?«

---

* Keine Sorge

»Du arbeitest weiter, Paul. Die Brötchen backen sich nicht von alleine. Ich bringe sie nach oben.«

»Haben Sie ein Ladekabel für mein Handy?«, fragte Laura.

»Zeigen Sie mal. Nein, für dieses Modell nicht. Das ist antik. Tut mir leid. Ruhen Sie sich einfach aus. Unser Gendarm wird das schon richten.«

So saß Laura auf dem Bett im Gästezimmer der Bäckerei. Wie versprochen hatte sie sich eingeschlossen. Ihre Gedanken schwirrten nur so durcheinander. Gerne hätte sie irgendetwas unternommen. Aber sie war zum Nichtstun verurteilt und hatte keine Ahnung, was in naher Zukunft auf sie zukommen würde. Stillsitzen oder schlafen gelang ihr nicht. Also kümmerte sie sich um ihren lädierten Fuß. Sie legte ein nasses Frottiertuch darum. Beim Waschbecken erhaschte sie einen Blick in den Spiegel. Sie erschrak. Eine blasse Frau mit strähnigen Haaren schaute ihr entgegen. Wenigstens dagegen war es einfach, etwas zu unternehmen. Sie wusch sich den Kopf und den ganzen Körper mit Seife, war dann aber gezwungen, wieder in die dreckigen Kleider zu schlüpfen. Sie tröstete sich mit dem Gedanken, dass sie trotz allem Glück gehabt hatte, dass sie diesen Verbrechern entkommen konnte. Was bedeutete es da schon, in verdreckten Klamotten zu stecken. Dann war sie wieder zur Untätigkeit gezwungen. Mehr aus Langeweile denn aus Interesse stellte sie den Fernseher ein. Auf dem regionalen TV Sender Haute-Savoie liefen gerade die Nachrichten. Wie vom Blitz getroffen betrachtete sie fasziniert die Bilder auf dem Bildschirm. Ein Reporter stand vor dem *Hôtel Étoile* in Évian-les-Bains und berichtete von einer Razzia der Polizei. Man gehe davon aus, dass dort Frauenhandel betrieben werde. Es gäbe dazu verschiedene Hinweise. Im Hintergrund standen diverse Einsatzfahrzeuge. Menschen wurden aus dem Gebäude in die Fahrzeuge gebracht. Laura konnte vorerst nicht nachvollziehen, was hier ablief. Sie zückte ihr Prepaid Handy und schaute, ob sie auf ein WLAN zugreifen könne. Leider waren alle Konten gesperrt. Es war hoffnungslos. Telefonnummern hatte sie auch keine gespeichert. Wieder hätte sie sich am liebsten selbst geohrfeigt. Sie wurde ungeduldig. Zu gern wäre sie sofort aus dem Zimmer gelaufen und hätte irgendwo nach einem Computer mit Internetzugriff gefragt. Aber sie hatte dem Gendarmen versprochen zu warten. Vielleicht war es wirklich besser. Sie wusste ja nicht, ob sich die beiden Verfolger immer noch in Châtel herumtrieben. Aufgewühlt setzte sie sich aufs Bett und ließ sich in die Kissen fallen. Es dauerte nicht lange, bis der Schlaf sie übermannte.

KAPITEL 34 / AUSSPRACHE

Noch nie in ihrer Karriere im *Hôtel le Président* hatte Arlette Schwarzenbach einen derartigen Anruf von Abel Roi erhalten. In der Tonart eines Generals befahl er ihr, unverzüglich bei ihm anzutreten. Seine sonst höfliche Art schien wie weggeblasen. Sie fürchtete sich beinah davor, ihm vor die Augen zu treten. Gerne hätte sie eine Ausrede vorgebracht, aber sie vermutete, dass ihn das nur noch mehr in Rage versetzen würde. Sie begab sich also in die Höhle des Löwen.

»Was passiert in diesem Hotel? Seit Wochen geht die Polizei hier ein und aus. Das ist doch nicht normal. Eine Mitarbeiterin wird ermordet, eine andere entführt, und nun wird auch noch Ihre Assistentin vermisst. Sie sind die Managerin dieses Betriebes. Bekommen Sie die Angelegenheit nicht unter Kontrolle? Die ganzen Begebenheiten schaden dem Renommee des Hotels. Sie müssen endlich etwas dagegen unternehmen.«

Abel Roi lief wie ein wildgewordenes Tier im Sitzungszimmer auf und ab. Er ließ die Hotelmanagerin gar nicht zu Wort kommen.

»Frau Pfeiffer ist die Einzige, die sich wirklich und mit Herzblut darum gekümmert hat, dass es bei der Aufklärung im Mordfall von Svetlana Popa vorwärtsgeht. Alle anderen haben nur zugeschaut und abgewartet.«

»Ich …«

»Schweigen Sie und hören Sie mir zu. Es sind schon viele Assistentinnen bei uns ein und aus gegangen. Aber eine Persönlichkeit wie diese Laura Pfeiffer ist uns noch nie untergekommen. Diese Frau ist Gold wert. Mit ihrer Energie, ihrem Wissensdurst, ihrer Neugier und ihrem Drang, Cäsar Ritz nachzueifern, ist sie einmalig. Das Projekt mit dem Schriftstellerhaus hat sie angegangen, als hätte sie sich nie mit etwas anderem beschäftigt.«

Arlette Schwarzenbach hörte den Hotelbesitzer das erste Mal so viel Gutes über jemanden sagen. Sie wünschte sich, nur die Hälfte des Lobes zu bekommen, das er Laura einräumte. Eifersucht keimte in ihr auf. Am liebsten hätte sie vor Frustration geweint.

»Nun zu Ihnen. Ich kenne Sie schon seit Jahren. Es ist mir aufgefallen, dass Sie diese Laura aus einem speziellen Grund unbedingt einstellen wollten. Ich habe nie danach gefragt. Aber jetzt will ich es wissen. Warum gerade sie?«

Arlette fühlte sich nicht wohl in ihrer Haut. Er starrte sie an und erwartete eine Antwort. Sie überlegte hin und her, ob sie mit der Wahrheit rausrücken solle.

»Ich warte.«

Dieser kurze Satz tönte sehr bedrohlich. Sie war hin- und hergerissen und schwieg weiter. In ihrem Kopf dröhnte es, sie wurde blasser und hielt sich an der Tischkante fest. Erst jetzt bot er ihr Platz an.

»Setzten Sie sich. Ich sehe, dass Sie mit sich kämpfen. Was ist es, das ich nicht wissen darf?«

Langsam schritt Arlette Schwarzenbach zum angebotenen Sessel. Sie wollte Zeit schinden, obwohl ihr klar wurde, dass es der Moment war, die Karten offen auf den Tisch zu legen. Es war unumgänglich. Wie auch immer, sie war in der Gunst ihres Vorgesetzten gefallen und würde eventuell ihren Sessel räumen müssen. Vielleicht half es, wenn sie sich ihm anvertraute.

»Klara, die letzte Assistentin, hat mir vorgeschlagen, bei Frau Pfeiffer anzufragen, ob sie ihre Nachfolge übernehmen wolle. Sie hat mich jedoch darauf hingewiesen, dass Laura am Arbeitsort in Zermatt Probleme bekommen habe. Die junge Frau mische sich immer ein. Sie hätte die Angewohnheit, alles zu hinterfragen, bis sie wisse, was dahinterstecke. Beim ersten Treffen war sie mir gleich sympathisch. Sie hatte ernsthaftes Interesse an der Anstellung, hat mir aber offen und ehrlich über ihre Probleme im *Hotel Blatterhof* berichtet. Sie hat mich auf ihre Stärken und Schwächen hingewiesen. Darum legte ich mich für sie als die ideale Kandidatin fest.«

»Das verstehe ich jetzt nicht. Sonst hassen Sie doch Eigenschaften wie zum Beispiel Neugier. Was sollte sie denn herausfinden?«

Arlette Schwarzenbach knetete ihre Hände und schaute verlegen zu Boden.

»In diesem Fall kam es mir entgegen. Ich muss Ihnen etwas gestehen.«

Sie hüstelte, errötete und wusste nicht, wie sie es ihm beibringen sollte.

»Ist es so schlimm? Raus damit.«

»Sie haben recht. Ich muss es loswerden. Es ist nämlich so, dass ich per Zufall mitgehört habe, wie sich Ihr Freund

Brian Jones mit jemandem am Telefon unterhalten hat. Er hat sinngemäß gesagt, dass er Sie bald so weit habe, damit Sie Ihr Testament zu seinen Gunsten ausstellen würden. Er hätte Sie lange darum gebeten, weil keine Nachkommen da seien, ihm das gesamte Guthaben und alle Immobilien im Todesfall zu übertragen. Um den Unfall würde er sich dann schon kümmern. So, nun ist es raus.«

Es blieb lange still.

»Und warum haben Sie mir das nicht gesagt?«

»Ich hatte keine Beweise. Zudem habe ich mich unbefugterweise in Ihrer Suite aufgehalten.«

»Weshalb? Und wie sind Sie reingekommen?«

»Einmal in meiner Karriere als Hotelmanagerin wollte ich Ihr Heiligtum betreten und sehen, wie Sie leben. Ich habe nie verstanden, weshalb wir keinen Zutritt zu Ihrer Suite haben. Ich habe mir eines Tages den Generalschlüssel geborgt. Ich hatte angenommen, dass Sie zusammen mit Brian Jones außer Haus wären. Er ist im Verlauf meiner Besichtigungstour zurückgekommen. Es gelang mir rechtzeitig, mich in der Garderobe zu verstecken. Und dann habe ich alles mitgehört. Das hätte ich Ihnen doch nie mitteilen können?«

Er schaute sie lange durchdringend an.

»Und dann haben Sie Laura auf Brian angesetzt?«

»Ich habe mir überlegt, dass ich ihr immer wieder einen Happen Informationen vorwerfe. Ich war sicher, dass sie anfangen wird, Fragen zu stellen. Hierauf hat sich das mit dem Schriftstellerhaus ergeben. Besser konnte es nicht laufen. Da sind Ihr Freund und Laura das erste Mal persönlich aufeinandergetroffen. Offiziell wusste ich nichts von dem Ausflug der beiden. Aber ich habe gesehen, dass

Jones in das Taxi gestiegen ist und kurz darauf sich auch Laura hineingesetzt hat. Es war für mich sonnenklar, dass die beiden nicht zusammen harmonieren würden.«

»Tatsächlich hat mir die Aktion mit dem Immobilienprojekt die Augen geöffnet gegenüber meinem sogenannten Freund. Er versuchte mich zu hintergehen und von meinem Plan zu profitieren. Wobei ich sagen muss, dass meine Absichten auch nicht ganz ohne Eigennutz waren. Das hat sich in der Zwischenzeit jedoch teilweise erledigt. Ich ziehe immer noch Vorteile aus dem Projekt, aber nicht in dem Maß, wie ich es zu Beginn vorgesehen hatte. Anstatt Besitzer werde ich nun Langzeitmieter mit Spezialkonditionen. Die Freundschaft mit meinen ehemaligen Studienkollegen habe ich aufs Eis gelegt. Er ist abgereist und hat sich nicht mehr gemeldet.«

KAPITEL 35 / ERWISCHT

Gendarm Jean Picard riet den Bäckern, sich einzuschließen. Er bekam eine Tüte mit frischen Croissants. Damit marschierte er zurück zur Polizeistation. Für Außenstehende sah es aus, als wäre er nur kurz ins Dorf gegangen, um frisches Gebäck zu kaufen. Aus den Augenwinkeln schaute er sich unauffällig um. Der dunkle Van parkte 50 Meter von der Gendarmerie entfernt. Es war ihm nicht möglich auszumachen, ob Personen drinsaßen. Er war sicher, dass seine Frau ihm die nötigen Angaben liefern konnte. Zuvor hatte er jedoch ein Telefonat mit einem Schweizer Kollegen zu führen. Er erkundigte sich, ob Laura Pfeiffer bekannt sei in Montreux, und die Aussagen, die sie gegeben hatte, plausibel sein könnten. Hauptinspektor Petitjean bestätigte, dass man auf der Suche nach ihr sei. Dann organisierte er eine gemeinsame Videokonferenz mit der Gendarmerie und der Police Nationale in Évian-les-Bains, die in diesem Moment eine Razzia im *Hôtel Étoile* durchführten. Zudem wurde eine Equipe per Hubschrauber nach Châtel geschickt, um die Verhaftung der beiden Entführer vorzunehmen. Picard befahlen sie, die Verdächtigen vorläufig zu beobachten und allenfalls unauffällig zu verfolgen. Pedro Lukic bot an, via Morgins in die Grenzregion Portes du Soleil zu fahren und Laura in Begleitung eines Schweizer Polizisten abzuholen. Sie schwebte immer noch in Gefahr.

Gendarm Picard hatte es normalweise mit Diebstählen oder Gewalttaten zu tun. Bei einer Entführung aktiv werden, ergab eine neue Dimension. Er war froh, dass er Unterstützung für die Verhaftung bekam. Einerseits empfand er sich dadurch als wichtiger Bestandteil der Aktion, andererseits sorgte er sich hinsichtlich des kommenden Einsatzes. Bis die Kollegen von Évian-les-Bains in Châtel waren, dauerte es eine Weile. Nach dem Anruf stellte er sich mit dem Fernglas hinter den Vorhang und verifizierte die Feststellungen seiner Frau. Dabei identifizierte er tatsächlich zwei Männer im Auto. Einer davon stieg aus, um eine Zigarette zu rauchen. Von diesem machte er ein Foto. Derjenige, der hinter dem Steuer hockte, schien zu telefonieren. Der Gendarm beobachtete, wie er gestikulierte. Auf einmal drückte er auf die Hupe und rief dem Raucher etwas zu. Dieser sprang ins Auto, und bevor sich Picard versah, fuhr der Van weg. Er rannte zu seinem Privatwagen und verfolgte das Fahrzeug in sicherem Abstand. Sie rasten auf der D22 Richtung Morgins in die Schweiz. Der Grenzübergang war unbewacht. Das hieß für den Gendarmen, dass er nochmals mit Petitjean Kontakt aufnehmen musste. Dieser reagierte souverän. Er rief die dortige Polizei auf der Schweizer Seite an und veranlasste, eine Straßensperre aufzubauen. Picard hörte die Geräusche des Hubschraubers. Dieser überflog soeben sein Auto und flog Richtung Pas de Morgins zum Übergang in die Schweiz. Vor der Grenze landete er mitten auf der Straße und hielt den Wagen an.

Piccard blockierte den Rückweg. Einsatzkräfte überwältigten die Entführer, die sich widerstandslos abführen ließen.

KAPITEL 36 / ERWACHEN

Laura erwachte aus einem wirren Traum. Sie hörte ein Klopfen. Im ersten Moment war sie mit der Umgebung nicht vertraut. Langsam dämmerte es ihr. Eine ihr bekannte Stimme rief ihren Namen. Sie rieb sich die Augen, weil sie annahm zu träumen. Sie setzte sich auf und sah ihre schmutzigen Kleider. In dieser Sekunde erinnerte sie sich wieder. Aber dass Pedro Lukic vor der Tür stand, war unmöglich. Er kannte doch ihren Aufenthaltsort gar nicht? Und hatte ihr Picard nicht geraten, nur zu öffnen, wenn er persönlich vor der Tür stand? Sie war verwirrt. Irgendetwas stimmte hier nicht. Waren die Entführer zurückgekommen und versuchten, sie mit einem Trick reinzulegen? Sie gab keinen Ton von sich.

»Laura, ich bin es, Pedro. Wenn du da drin bist, dann öffne.«

Er war es.

»Gendarm Picard hat mir befohlen, nur ihm die Tür aufzuschließen.«

»Aber du tust ja nie, was dir jemand rät. Warum gerade jetzt?«

Das entrang ihr ein müdes Lächeln.

»So gut kennst wirklich nur du mich.«

»Und unterdessen noch ein paar Leute an deinem Arbeitsort in Montreux.«

Sie drehte den Schlüssel, öffnete und fiel ihm um den Hals. Sie hielten sich geraume Zeit umschlungen. Keiner sprach ein Wort. Sie genossen den Moment. Aber dann übernahm Lauras Neugier wieder das Zepter.

»Wie kommst du hierher? Was ist passiert? Sind die Entführer gefasst?«

»Eines nach dem anderen. Ich berichte dir in Kürze, was vorgefallen ist. Es fing damit an, dass ich dich in Montreux überraschen wollte. Im Nachhinein betrachtet war das eine bescheuerte Idee.«

»Warum?«

»Diesen Teil lasse ich im Moment aus. Du warst verschwunden. Arlette Schwarzenbach hat mir erlaubt, mich in deinem Zimmer umzusehen.«

»So, du kennst meine Chefin? Holst du hinter meinem Rücken Erkundigungen ein?«

»Notgedrungen, ja. Aber unterbrich nicht immer. Dort habe ich dein Mindmap gefunden. Zusammen mit Hauptinspektor Petitjean haben wir es analysiert. Die Polizei in Montreux hatte die Spur nach Évian-les-Bains auch schon verfolgt. Es war eine Razzia im *Hôtel Étoile* geplant. Fast zeitgleich hat uns der Anruf von Gendarm Picard erreicht. Die Hausdurchsuchung wurde durchgezogen. Im Moment sind Befragungen im Gang. Es deutet alles auf einen groß angelegten Frauenhandel hin. Deine beiden Entführer wurden ebenfalls gefasst. Das sind die Ereignisse kurz zusammengefasst.«

»Und Olga? Wurde sie gefunden?«

»Die Gendarmerie und die Police Nationale verfolgen Hinweise, die nach Marseille führen.«

»Dorthin sollten mich die beiden Handlanger bringen. Wir müssen sofort handeln …«

»Du tust gar nichts. Wann verstehst du endlich, dass die Polizei die Arbeit macht und nicht du?«

»Aber …«

»Keine Widerrede. Sei froh, dass du heil aus dieser Sache rausgekommen bist. Das war ja wieder eine übermütige Aktion deinerseits. Wie kamst du dazu?«

Sie bemerkte seine aufgestaute Wut, verstand es aber nicht ganz. Er sollte doch erleichtert sein, dass sie die Vorarbeit für die Behörde geleistet hatte. Sonst hätte das ewig gedauert. Bei einer anderen Gelegenheit würde sie es ihm unter die Nase reiben. Nun war nicht der passende Moment, um diese Differenzen zu klären. Er drängte sie nämlich, mit ihm und dem mitgereisten Beamten zurück nach Montreux zu fahren. Auf dem Rückweg blieb er schweigsam. Freude sieht anders aus, grübelte Laura. Ob er ihr nicht alles offenlegte, was er wusste? Sie würde es bestimmt von Hauptinspektor Petitjean erfahren. Tatsächlich fuhren sie zuerst zu ihm. Auch dieser überschüttete sie mit Vorwürfen.

»Warum haben Sie mir Ihre Informationen vorenthalten?«

»Das waren nur Spekulationen, mir fehlten Fakten. Ich hatte vor, Sie Ihnen nachzuliefern, sobald ich es beweisen konnte.«

»Wir waren an dem Fall dran. Zusammen mit der Police Nationale haben wir Fakten gesammelt. Ihr Wissen hätte es uns leichter gemacht und einiges erspart.«

»Nun haben Sie die Sachverhalte«, entgegnete Laura trotzig.

»Sie haben Ihr Leben riskiert. Das ist kein Spaß.«

Im Innersten wusste sie ganz genau, dass sie unüberlegt gehandelt hatte. Nur im Moment war sie nicht fähig, es zuzugeben. Im Nachhinein begriff sie, dass sie besser Kontakt mit Petitjean aufgenommen hätte, dann wäre ihr die Entführung erspart geblieben.

KAPITEL 37 / ›FOREVER YOUNG‹

Pedro und Laura saßen auf dem Balkon des Studios, das er für eine Woche in Montreux angemietet hatte. Es war sein letzter Ferientag in diesem paradiesischen Ort. In seinen Träumen hatte er sich jeden der vergangenen Tage so ausgemalt. Leider war es nicht gekommen wie gewünscht. Heute jedoch erfüllte sich seine Vorstellung endlich. Vor ihnen auf dem Bistrotisch stand eine Flasche kühler *Saint-Saphorin* aus dem Waadtland, eine Platte mit verschiedenen Käsen und Wurstwaren aus der Gegend und frisches Baguette. Das Beisammensein fühlte sich einerseits gut an, andererseits spürte sie Pedros Zurückhaltung. Ein Gespräch entwickelte sich nur mühsam. Deshalb konzentrierte sie sich vorerst auf die Delikatessen. Laura roch am Weinglas und zog den Duft von frischen Citrusfrüchten und weißen Blüten ein. Sie stellte sich in Gedanken bereits vor, wie es im Gaumen schmecken würde.

»Prost. Auf unser Zusammensein.«

Sie fixierte ihn mit den Augen. Er wirkte traurig. Es bestand dringender Gesprächsbedarf. Aber vorher nahm sie einen Schluck und sah sich bestätigt. Der Wein war leicht, frisch und trocken und im Abgang würzig. Das schmeckte ihr, und sie fand es sehr passend zu den Beilagen.

»Was ist los?«, fragte sie zwischen einem Bissen Brot und einem weiteren Schluck Wein. Sie vermutete, dass er immer noch wütend war, weil sie ihn nicht in ihre Pläne eingeweiht hatte. Aber da sie der Überzeugung gewesen war, dass er sie davon abhalten würde, hatte sie es unterlassen. Allerdings zweifelte sie an ihrer Handlungsweise. Dennoch hatte ihre Aktion diverse Reaktionen ausgelöst. Die Razzia im *Hôtel Étoile* hatte einen Frauenhändlerring in Frankreich aufgedeckt und platzen lassen. Olga wurde in Marseille gefunden. Sie wurde nach Rumänien zurückgeführt. Drahtzieher dieses geldträchtigen Unternehmens war niemand anders als Brian Jones. Dieser hatte die Verbindungen zum Personalbüro des *Hôtel le Président* eingesetzt, um Frauen aus den Oststaaten legal in die Schweiz zu holen und später nach Frankreich weiterzuliefern. Erste Anlaufstelle war immer das Fotostudio von Carole. Diese begutachtete die Interessentinnen, fragte sie über den familiären Hintergrund aus und versprach ihnen das große Geld. Einmal in den Klauen von Georges, einem Unterhändler von Jones, landeten sie bis zu ihrer definitiven Bestimmung im Freudenhaus. Sie wurden gezwungen Gewinn zu generieren. Wer darauf nicht einging, wurde bedroht, misshandelt, direkt weiterverkauft oder im schlimmsten Fall umgebracht. In Marseille wickelte er persönlich jeweils den Verkauf ab. Viele Frauen wurden nach Afrika oder in arabische Staaten verkauft.

Pauline Roux konnte man nicht nachweisen, dass sie vom Ausmaß der Geschäfte Kenntnis hatte. Sie hatte davon profitiert, dass ihr Arbeitskräfte zu günstigen Bedingungen angeboten worden waren. Was mit den restlichen Frauen geschah, die jeweils im Bus saßen, davon hatte sie keine Ahnung. Ab und an gab sie Janik Auskunft, was so im Hotel lief. Beide hatten eine Abneigung gegen Laura. Gerne schimpften sie miteinander über die Schnüfflerin, wie sie sie nannten. Sie hatte ihm den Code für den Kellereingang verraten. Den benutzte er jeweils, um unerkannt ins *le Président* zu kommen. Und sie war es auch, die ihn an Brian Jones und dessen Organisation weitervermittelt hatte. Im Laufe der vergangenen Tage waren die Informationen nach und nach ans Licht gekommen.

»Es erschüttert mich, dass Janik sich hat einspannen lassen, gegen die eigenen Landsmänninnen. Er hat Svetlana an Carole und somit an Georges vermittelt.«

»Sie hatte gehofft, berühmt zu werden«, warf Pedro ein.

»Ich muss schon sagen, die Bilder der Fotografin hatten was an sich. Kein Wunder, dass sie auf die Idee kam, Model zu werden.« Laura seufzte.

»Und dann ist sie im Freudenhaus gelandet.«

»Diese Erkundungstour vergesse ich nie im Leben. Warst du schon einmal in einem Puff?«

Sie schaute ihn herausfordernd an.

»Beruflich«, antwortete er.

»Und?«

»Nichts und. Ich würde mit deiner Verkleidungsaktion nicht so prahlen. Die hat dich beinahe das Leben gekostet. Hätte Brian Jones nicht befohlen, dich nach Marseille zu bringen, hätten sie dich in Évian-les-Bains umgebracht und irgendwo verscharrt oder im Genfersee ertränkt. Ich darf mir das gar nicht vorstellen.«

Ihn schauderte. Dann fuhr er fort: »Svetlana ist geflohen und von einem Sicherheitsmann umgebracht worden. Es war derselbe, der dich zusammen mit Janik nach Châtel gebracht hat. Mit dem war nicht zu spaßen. Du hast wirklich Glück gehabt.«

»Dieser Janik Antonescu ist eine traurige Gestalt. Er ist bei mir eingebrochen und hat Olga entführt. Beim zweiten Mal hat er meinen PC gestohlen und die Fotos geklaut.«

»Er wurde ausgenutzt. In Rumänien hätte er zum Militärdienst einrücken müssen. Er sah keine Alternative.«

Sie versanken eine Weile in Schweigen.

»Weißt du, was mich am allermeisten beschäftigt?«, fragte Laura. Sie hatten wortlos die Aussicht auf der Terrasse genossen und an ihrem Weißwein genippt.

»Was?«

»Dass Arlette Schwarzenbach mich eingestellt hat. Sie rechnete fest damit, dass ich auf die Spur dieses Missetäters komme. Sie hatte Brian Jones seit längerer Zeit verdächtigt, in dubiose Geschäfte verwickelt zu sein. Und sie befürchtete, dass er ihren Chef hineinziehen würde. Sie wollte sich jedoch nicht die Finger verbrennen und den Freund von Monsieur le Président anschwärzen oder gegen ihn ermitteln lassen. Aber bei mir war sie sich sicher, dass ich dranbleiben würde. Und falls es sich dann als nichtig erwies, hätte ich außer der Kündigung nichts zu befürchten gehabt.«

Laura schluckte einen Kloß im Hals hinunter und fuhr fort: »Sie hat sich bei mir entschuldigt. Es tue ihr aus tiefstem Herzen leid. Sie hat mir das Wertvollste geschenkt, das sie besitzt: ihre CD signiert von Bob Dylan. Willst du sie mal auflegen?«

Pedro nahm die CD wie einen Schatz entgegen. Bald tönte aus dem Studio »Forever young«. Die beiden hörten andächtig zu.

»Trotz der Entschuldigung und des Geschenks ist das Vertrauen zu ihr zerstört. Diese Frau hat mich dem Löwen zum Fraß vorgeworfen.«

»Dem kann man so sagen. Das ist keine gute Basis für eine weitere Zusammenarbeit.«

»Ich hatte diese Woche ein langes Gespräch mit Monsieur le Président. Er hat mir angeboten, dass ich seine Privatsekretärin werde und das ganze Projekt mit dem Kauf und dem Umbau des Hauses in Montreux betreue. Meine derzeitige Arbeitsstelle könnte die Studienkollegin Klara wieder übernehmen. Sie kommt aus Asien zurück und hat sich gemeldet.«

»Und was hast du geantwortet?«

»Ich habe mir Bedenkzeit ausbedungen. Was die Zukunft betrifft, hast du ja geplant, mit mir zu sprechen. Oder?«

»Das hat sich erledigt.«

»Wie erledigt?«

Er schwieg und nahm einen Schluck Weißwein. Dabei starrte er in die Ferne.

»Pedro, wieso hat sich das erledigt?«

»Ich habe Hans Urech kennengelernt.«

Wieder legte er eine Pause ein. Laura wurde ungeduldig.

»Ich verstehe nicht. Was hat Hansdampf damit zu tun?«

»Fragst du mich das im Ernst?«

»Ja. Warum?«

Wieder sprach er nicht weiter. Er schaute sie fragend an.

»Nun sag schon. Was ist mit dem Kerl?«

»Er hat mir klargemacht, dass du seine Freundin bist und er dich liebt.«

Laura blieb die Sprache für einen Moment weg. Dann brauste sie auf: »Und das glaubst du ihm?«

Ohne Punkt und Komma wetterte sie weiter: »Das ist ein selbstgefälliger, aufgeblasener Kerl. Wir sind ein Jahr zusammen in die Schule gegangen. Schulfreunde waren wir. Aber Freunde, nein. Zudem wollte er mich nur benutzen, um Auskünfte über Abel Roi zu bekommen. Er ist Journalist und schreibt einen Beitrag über das *Montreux Jazz Festival*. Wir waren zweimal im Bistro. Er hat für mich die Observation des Busses aus Rumänien übernommen. Dafür ging ich mit ihm essen. Das ist alles. Er bedeutet mir null und nichts. Was …«

Pedro stand auf. Er küsste sie auf den Mund, damit sie endlich verstummte. Die Aktion verfehlte die Wirkung nicht. Derweil ertönte der letzte Ton der CD.

ENDE

LITERATURNACHWEIS

Kaiserin Elisabeth und die Schweiz von Michael van Orsouw

Cäsar Ritz Leben und Werk von Adalbert Chastonay

MEIN HERZLICHER DANK GEHÖRT

Carlo, meinem Lebenspartner und meinem Backoffice

Carmen, Emanuel, Esther, Verena, meinen Testleserinnen und dem Testleser, die alle den Krimi vor der Manuskriptabgabe auf Richtigkeit geprüft haben

Claudia Senghaas, Lektorin vom Gmeiner-Verlag, die das Tüpfelchen auf das i setzt

Den Leserinnen und Lesern

BARBARA SALADIN
Baselbieter Fluch
EIN FALL FÜR VASCO
GMEINER

R. Kuhn
Tränensee
Roman
320 Seiten, 12,5 x 20,5 cm,
Hardcover
ISBN 978-3-8392-0652-2

»Ich wusste, dass mein Mann tot war. Ich kann nicht sagen, woher, ich wusste es einfach. Ich wusste auch, dass Broch und ich kein Sirenengeheul, kein modernes Lebensrettungsgetue, keine Intensivstation und kein Sauerstoffzelt wollten, keine Herzmassage und am Ende trotz allem nur den Würdeverlust. Deshalb unternahm ich nichts. Kurze Zeit stand ich ratlos im Zimmer, dann ging ich wieder ins Bett und legte mich zu meinem Mann.«

GMEINER SPANNUNG

WWW.GMEINER-VERLAG.DE
Wir machen's spannend